CB035651

A volta de Mary Poppins

CLÁSSICOS ZAHAR

em EDIÇÃO BOLSO DE LUXO

Aladim*

Peter Pan
J.M. Barrie

O mágico de Oz
L. Frank Baum

A Bela e a Fera*
Madame de Beaumont, Madame de Villeneuve

O jardim secreto*
Frances Hodgson Burnett

Alice
Lewis Carroll

Sherlock Holmes (9 vols.)
Arthur Conan Doyle

As aventuras de Robin Hood
O conde de Monte Cristo
Os três mosqueteiros
Alexandre Dumas

O Quebra-Nozes*
Alexandre Dumas, E.T.A. Hoffmann

Mowgli: Os livros da Selva
Rudyard Kipling

813*
A Agulha Oca*
Arsène Lupin contra Herlock Sholmes*
A rolha de cristal*
As confidências de Arsène Lupin*
O ladrão de casaca*
Maurice Leblanc

O Pequeno Príncipe*
Antoine de Saint-Exupéry

Mary Poppins
P. L. Travers

Títulos disponíveis também em edição comentada e ilustrada
(exceto os indicados por asterisco)
Veja a lista completa da coleção no site zahar.com.br/classicoszahar

P.L. Travers

A volta de Mary Poppins

Ilustrações originais:
Mary Shepard

Tradução e apresentação:
Bruno Gambarotto

1ª reimpressão

 ZAHAR

A Pip, esta lembrança

*Grafia atualizada segundo o Acordo Ortográfico da Língua Portuguesa de 1990,
que entrou em vigor no Brasil em 2009.*

Título original
Mary Poppins Comes Back

Capa
Rafael Nobre

Projeto gráfico
Carolina Falcão

Preparação
Carolina Sampaio

Revisão
Carolina M. Leocadio
Tamara Sender

CIP-Brasil. Catalogação na publicação
Sindicato Nacional dos Editores de Livros, RJ

	Travers, P.L., 1899-1996
T713v	A volta de Mary Poppins / P.L. Travers; ilustração de Mary Shepard; tradução de Bruno Gambarotto. — 1ª ed. — Rio de Janeiro: Zahar, 2018.
	il. (Clássicos Zahar)
	Tradução de: Mary Poppins Comes Back.
	Cronologia
	ISBN 978-85-378-1792-6
	1. Ficção australiana. I. Shepard, Mary. II. Gambarotto, Bruno. III. Título. IV. Série.

CDD: 828.99343
CDU: 82-3(94)

18-50395

Leandra Felix da Cruz — Bibliotecária — CRB-7/6135

[2022]
Todos os direitos desta edição reservados à
EDITORA SCHWARCZ S.A.
Praça Floriano, 19, sala 3001 – Cinelândia
20031-050 – Rio de Janeiro – RJ
Telefone: (21) 3993-7510
www.companhiadasletras.com.br
www.blogdacompanhia.com.br
facebook.com/editorazahar
instagram.com/editorazahar
twitter.com/editorazahar

Sumário

Apresentação

Publicado em 1935, *A volta de Mary Poppins* é o segundo
dos oito volumes que a jornalista e poetisa australiana
radicada na Inglaterra Pamela Lyndon Travers (1899-1996)
dedica à sua mais célebre personagem. Na versão que salta
das páginas a seguir, Mary Poppins não é o ícone da cul-
tura infantil que se ergueu a partir da grande produção
musical dos estúdios Walt Disney, lançada nos cinemas
em 1964 e que consagra o rosto da então jovem atriz Julie
Andrews no papel da protagonista.

É conhecida a história dos dissabores e da resignação
vividos por P.L. Travers em relação à aclamada adaptação
cinematográfica de *Mary Poppins* — que vão desde as críti-
cas da autora à primeira versão do roteiro e à escolha de
uma atriz cuja beleza apagava os traços mais prosaicos da
protagonista, até as mudanças na caracterização da família
Banks impostas por Disney, com o intuito de agradar ao
público norte-americano.

O ciclo de aventuras da Mary Poppins original se faz
de outro conjunto de referências: o gênero de narrativas

de aventura, presente na ágil organização dos volumes, compostos de capítulos e episódios quase independentes entre si; o traço cômico das personagens que cercam a babá e seus pupilos, tão bem captado pelas ilustrações de Mary Shepard, responsável pela primeira identidade visual das personagens de Travers; as pesquisas da autora sobre ocultismo e mitologia, preservadas no mundo fantástico que subjaz à vida prosaica do subúrbio londrino; e, por fim, mas não menos importante, a longa tradição da prosa realista inglesa, tão sagaz na identificação e no retrato de tipos sociais.

A narrativa de aventura está nas fundações do romance moderno e, antes dele, na própria matriz do narrar. Como já nos ensinavam os gregos antigos em sua épica repleta de grandes feitos e heróis, narramos o que coletivamente entendemos ser o *extraordinário*. O enfrentamento dos reconhecidos perigos e medos de um grupo social, a travessia e o domínio sobre o desconhecido, as provações de quem anseia por reconhecimento, um nome gravado na memória de gerações – todas essas são versões de uma mesma experiência de estar no mundo. Sob a perspectiva do gênero épico, viver é vencer desafios, ultrapassar obstáculos, expandir domínios e conquistar saberes – o que vale para antigos guerreiros gregos em busca de glória, cavaleiros cristãos em busca de salvação, pobres órfãos em busca de fortuna e (mais modernamente, como ensina a narrativa do romance) indivíduos em busca de identidade e estabilidade em uma sociedade conflituosa.

No que se refere a esse último horizonte de ação, a narrativa corresponde a um processo de construção de si, de experiência e aprendizado. A presença de Mary Poppins no Número Dezessete da Cherry Tree Lane é fundamental para a *formação* de cinco crianças de classe média: Jane, Michael, os gêmeos John e Barbara e a caçula Annabel. Sua entrada na vida da família Banks marca, para os pequenos, a abertura de uma nova dimensão da experiência, a do *fantástico*, que não encontrava espaço em meio ao enrijecimento dos modos sociais próprios da vida adulta.

Da perspectiva prosaica do casal Banks, formado por uma dona de casa e um bancário, a vida se equilibra entre pequenas frustrações e alegrias. A casa é carente de reformas, mas não de compromisso; nela, a falta do luxo decorre da opção pela família numerosa. Nesse ambiente de papéis bastante restritos, no qual a infância pode minguar sob o tédio e a inatividade, Mary Poppins surge como guia, instrumento de acesso a níveis de experiência que injetam carinho e energia nas formas cansadas do cotidiano. Por seu intermédio, insossos passeios pelo parque, noites de clausura no quarto de dormir e visitas aborrecidas ao comércio local tornam-se o ponto de partida para a experiência do maravilhoso e o aprendizado de uma afetividade à qual, de outro modo, as crianças não teriam acesso. "Estamos prestes a viver uma aventura. Não estrague tudo fazendo perguntas!", dirá Jane ao irmão Michael durante uma visita ao parque guiada pela babá.

É interessante como o olhar de Mary Poppins incide sobre o mundo: ao mesmo tempo que suas ações revelam algo próximo de um mundo subterrâneo, feito de criaturas fabulosas que subjazem a cada manifestação de vida, tais prodígios jamais incidirão de modo radical sobre as formas do mundo. Mary Poppins propõe a seus pupilos um duplo aprendizado, feito de ensinamentos tão opostos quanto o impossível convívio da babá e da fada em uma só pessoa. Segundo esse aprendizado, os rígidos modos sociais devem ser assimilados como uma espécie de *natureza*, cuja dinâmica, a ser respeitada, é a própria senha para a manifestação do maravilhoso. "Mas o que Mary Poppins achava disso ninguém soube, pois ela guardava seus pensamentos para si mesma e nunca dizia nada para ninguém..." (Capítulo 1: A pipa). No silêncio de Mary Poppins – ou em suas negativas rabugentas aos questionamentos das crianças diante das estranhas experiências que protagonizam – encontramos um surpreendente ponto de contato entre a vida prosaica e estratificada da sociedade inglesa de início do século XX e a perspectiva mística de um mundo natural, tal como a que ensejava, no âmbito do folclore anglo-saxão, a crença na existência de seres feéricos — fadas, elfos, goblins — e forças cujo equilíbrio seria necessário à ordem do universo.

A exemplo do volume inaugural, em que Mary Poppins surge e desaparece com o vento, o retorno da fada-babá se anuncia como um *evento cíclico*. Desde seu ressurgimento, sabemos que a visita tem hora para acabar: "Ficarei até a corrente se partir", diz Mary Poppins a Jane e Michael, sinalizando que o adorno que traz no pescoço servirá de medida da *manifestação* do maravilhoso no subúrbio londrino. Daí que, na condição de "Deusa-mãe" pagã — como P.L. Travers chegaria a descrevê-la em entrevista —, o segundo advento de Mary Poppins lança novas luzes ao sentimento de abandono vivido pelas crianças neste mundo que pouca atenção dá a suas demandas. Como se respondessem à solidão e aos questionamentos que os pequenos lançam ao universo doméstico que quase sempre lhes faz ouvidos moucos, as fantasias propiciadas por Mary Poppins permitem às crianças ressurgirem integradas às formas do dia a dia, as quais, por sua vez, são revitalizadas. Esse percurso é particularmente visível no amadurecimento de Jane ao longo do volume.

O retrato do cotidiano revitalizado da Cherry Tree Lane apresenta, por sua vez, personagens de longa tradição na literatura inglesa. A situação remediada do casal Banks nos faz lembrar a doçura de algumas das personagens domésticas de Dickens (por exemplo, a família sempre em apuros e igualmente numerosa dos Micawber em *David Copperfield*). Da mesma forma, o gosto teatral pelo cômico está presente nos maneirismos e clichês que caracterizam personagens como a srta. Lark, sempre às voltas com supostas necessidades de seus exasperados cães, e o Almirante Boom, para quem a Cherry Tree Lane não difere do convés de um navio. Longe de ser um expediente de evasão da realidade, a caricatura deriva da observação e identificação de tipos sociais, que o artista — escritor ou caricaturista — subverte ou exagera com vistas ao conhecimento de tipos e relações humanas e ao humor. Daí que, sob "o cabelo preto como carvão, os brilhantes olhos azuis e o nariz arrebitado como o de uma boneca holandesa" que caracterizam Mary Poppins, encontramos uma figura de importante presença na tradição do romance inglês: a figura da governanta ou babá, cujo exemplo mais destacado será Jane Eyre, protagonista do romance homônimo de Charlotte Brontë (1847).

Contratada a princípio como babá — isto é, responsável pelos cuidados das crianças sem obrigação de instruí-las, função desempenhada pelas governantas —, Mary

Poppins termina por fundir simbolicamente esses dois papéis (além de continuar funcionando, por seus modos e atos, como preceptora do mundo paralelo da fantasia). Ela possui contornos sociais que remontam ao ofício das governantas, fundamentalmente feminino e cercado de ambiguidades e indeterminação na esfera doméstica. Essas profissionais ocupam uma espécie de limbo no horizonte de possibilidades abertas a uma mulher inglesa nos séculos XVIII e XIX: como trabalhadora assalariada, uma governanta (geralmente filha de famílias de párocos ou da aristocracia empobrecida) não preserva a aura doméstica e familiar reservada às mulheres de boa condição social. Ao mesmo tempo, suas qualificações culturais conferem-lhe uma igualdade aparente em relação à família que a contrata, distanciando-a dos demais empregados da casa. Possuídora de todos os atributos de uma *lady* e, no entanto, maculada pela necessidade do trabalho, a governanta ou babá frequenta um mundo de sombras e invisibilidade no âmbito doméstico. A identificação dessa zona cinzenta no universo da família inglesa é fundamental para a mistura originalíssima de convenção e subversão que caracteriza Mary Poppins, uma babá-governanta de modos rígidos – e, portanto, afeitos ao universo de seus patrões e à dignidade da função exercida – que, no caráter extraordinário de suas aventuras geralmente furtivas, abre às crianças um horizonte de liberdade imprevisto.

Em seu confronto com a srta. Euphemia Andrew (Capítulo 2), antiga governanta da família Banks, Mary Poppins só faz acentuar suas particularidades fantásticas em face do tipo tradicional. Seus modos carrancudos e a secura com que procura estabelecer a ordem entre as crianças terão sempre o contrapeso das maravilhas que revela a elas. É no tênue equilíbrio entre o mundo formal e a fantasia que, sem dúvida, o ciclo de Mary Poppins se converte em um clássico que transcende faixas etárias e ensina, como era reivindicado por sua autora, algo sobre aquele "coração humano, um coração que, não importa sua idade, [é] capaz de sofrer".*

Em um mundo que cada vez mais demanda da infância o cultivo de competências que a colocam sob um regime de exigências impessoal e adulto, restringindo a dimensão de liberdade de imaginação e ação necessária à formação individual, a obra de P.L. Travers torna-se valiosa ao preservar o papel humanizador da fantasia enquanto parte fundamental do processo de amadurecimento do indivíduo.

---

* Essa citação, bem como a que consta no parágrafo seguinte, vem de "Sobre não escrever para crianças", in *Mary Poppins: edição comentada e ilustrada* (Rio de Janeiro, Zahar, 2017, p.187.).

A presença de Mary Poppins não se restringe a um simples capítulo da infância. Sua estrela ilumina a Cherry Tree Lane e, com ela, o percurso de toda uma vida. Como diz a própria autora, "não dá para saber onde a infância termina e a maturidade começa".

BRUNO GAMBAROTTO

Bruno Gambarotto é doutor em Teoria Literária e Literatura Comparada (FFLCH – USP) e tradutor de autores consagrados das literaturas norte-americana e inglesa, como Walt Whitman, Herman Melville, Nathaniel Hawthorne, Harriet Beecher Stowe, Edith Wharton, Aldous Huxley e Mary Shelley.

A volta de
Mary Poppins

1. A PIPA

Era uma daquelas manhãs em que tudo parece muito limpo e claro e radiante, como se o mundo tivesse passado por uma faxina de madrugada.

Na Cherry Tree Lane as casas piscavam com o abrir das venezianas, e as sombras esguias das cerejeiras traçavam listras escuras sobre o chão iluminado de sol. Mas não havia som nenhum, exceto pelo tilintar do sino do Sorveteiro, que ia de um lado para o outro com o seu carrinho.

PAREM E COMPREM!

dizia o cartaz na frente do carrinho. E então um Limpador de Chaminés dobrou a esquina e ergueu a mão preta de fuligem.

O Sorveteiro foi tilintando até ele.

— Uma bola de sorvete — pediu o Limpador de Chaminés. E ele se apoiou em seu maço de escovas enquanto lambia o sorvete com a ponta da língua. Quando terminou, embrulhou a casquinha delicadamente com o lenço e colocou-a no bolso.

— Você não come a casquinha? — perguntou o Sorveteiro muito surpreso.

— Não, eu coleciono todas! — respondeu o Limpador de Chaminés. E pegou as escovas e adentrou o portão principal da casa do Almirante Boom, pois não havia entrada de serviço.

O Sorveteiro saiu empurrando novamente carrinho e sino pela rua, com as listras de sombra e luz sobre ele enquanto seguia.

— Nunca tinha visto esse lugar tão quieto! — murmurou ele, olhando para um lado e para o outro à procura de clientes.

Foi nesse instante que se ouviu uma voz alta vindo do Número Dezessete. O Sorveteiro apressou-se até o portão, na esperança de um pedido.

— Não vou aguentar! Eu não aguento mais! — gritava o sr. Banks, nervoso, indo e vindo irritado da porta da frente até o pé da escada.

— Que foi? — perguntou assustada a sra. Banks, saindo da sala de jantar. — O que você está chutando de um lado para o outro da sala?

O sr. Banks deu um pontapé e alguma coisa preta voou até a metade da escada.

— Meu chapéu! — disse ele entre dentes. — Meu Melhor Chapéu Coco!

Correu escada acima e chutou o chapéu novamente para baixo. Ele rodou pelo piso e parou aos pés da sra. Banks.

— Algum problema com o chapéu? — ela perguntou, nervosa, pensando na verdade se não havia algum problema com o sr. Banks.

— Veja você mesma! — ele berrou. Tremendo, a sra. Banks se abaixou e pegou o chapéu. Estava coberto de grandes manchas, brilhantes e grudentas, e ela percebeu que tinham um cheiro particular.

Cheirou a aba.

— Parece graxa — falou.

— *É* graxa — devolveu o sr. Banks. — Robertson Ay escovou meu chapéu com a escova de sapato. Na verdade, ele engraxou meu chapéu.

A sra. Banks ficou boquiaberta.

— Não sei o que se passa nesta casa — prosseguiu o sr. Banks. — Nada está certo, e faz tempo! Ou é a água de barbear que está quente demais, ou é o café da manhã que chega frio. E agora isto!

Ele arrancou o chapéu das mãos da sra. Banks e pegou a pasta.

— Estou indo! — disse ele. — E não sei se volto algum dia. Talvez eu faça uma longa viagem marítima.

Enfiou o chapéu na cabeça, bateu a porta atrás de si e atravessou o portão com tanta fúria que trombou com o Sorveteiro, que ali estivera escutando a conversa com interesse.

— A culpa é sua! — resmungou ele. — Você não tinha nada que estar aí!

E seguiu marchando na direção da City, seu chapéu engraxado brilhando como uma joia sob o sol.

O Sorveteiro levantou-se com cuidado e, verificando que não havia quebrado nenhum osso, sentou-se no meio-fio e se consolou tomando ele mesmo um belo sorvete...

— Oh, céus! — disse a sra. Banks quando ouviu o portão bater. — É bem verdade. Nada *mesmo* anda certo ultimamente. Ora é uma coisa, ora é outra. Desde que Mary Poppins partiu sem nenhum Aviso tudo está de pernas para o ar.

Ela sentou-se ao pé da escada, pegou o lenço e começou a chorar.

E enquanto chorava, ela pensou em tudo o que havia acontecido desde o dia em que Mary Poppins tinha desaparecido tão de repente e estranhamente.

— De um dia para o outro, tão desagradável! — lamentou a sra. Banks entre soluços.

Logo viera outra babá, a srta. Green, que partiu ao final de uma semana, pois Michael cuspira nela. Depois foi a srta. Brown, que saiu para uma caminhada e nunca mais voltou. Só mais tarde eles descobriram que todas as colheres de prata da casa haviam desaparecido com ela.

E depois da srta. Brown veio a srta. Quigley, a Governanta, que foi convidada a partir porque estudava escalas ao piano diariamente durante três horas antes do café da manhã, e o sr. Banks não se interessava por música.

— E depois — soluçou a sra. Banks segurando o lenço — teve o sarampo da Jane, o vazamento esguichando no banheiro, as Cerejeiras queimadas pelo frio e...

— Desculpe, senhora!

A sra. Banks olhou para cima e deparou-se com a sra. Brill, a cozinheira, ao seu lado.

— A chaminé da cozinha está pegando fogo! — disse ela, melancólica.

– Oh, céus! O que mais? – perguntou-se a sra. Banks. – Procure Robertson Ay e peça para ele apagar. Onde ele está?

– Dormindo na despensa, senhora. E quando aquele moço cai no sono, não há quem o acorde, nem mesmo um Terremoto ou uma Banda Militar – disse a sra. Brill enquanto seguia a sra. Banks pelas escadas da cozinha abaixo.

Conseguiram dar cabo elas mesmas do fogo da cozinha, mas os problemas da sra. Banks não pararam por aí.

Mal tinha terminado o almoço, veio do andar de cima um som de coisas estilhaçando, seguido de um baque.

– O que será agora? – a sra. Banks correu para ver do que se tratava.

– Ai, minha perna, minha perna! – gritava Ellen, a criada.

Ela estava sentada na escada em meio a cacos de porcelana, gemendo.

– Qual é o problema com a sua perna? – perguntou a sra. Banks, irritada.

– Quebrou! – respondeu Ellen, chorosa, recostando-se na balaustrada.

– Bobagem! Você torceu o tornozelo, só isso!

Mas Ellen só gemeu de novo.

– Quebrei a perna! O que vou fazer agora? – choramingava, sem parar.

Naquele instante os gritos estridentes dos Gêmeos vieram do quarto das crianças. Eles brigavam pela posse de

um pato azul de plástico. Os gritos se faziam ouvir por cima das vozes de Jane e Michael, que estavam desenhando na parede e discutindo se o rabo de um cavalo verde devia ser roxo ou vermelho. E, no meio de toda aquela balbúrdia, os lamentos de Ellen, ritmados como a batida de um tambor: "Quebrei a perna! O que eu faço agora?"

— Mas isso — disse a sra. Banks, correndo escada acima — é a Gota d'Água!

Ela ajudou Ellen a se deitar e colocou uma compressa fria em seu tornozelo. Em seguida, foi até o quarto das crianças. Jane e Michael correram em sua direção.

— Tinha que ter rabo vermelho, não tinha? — perguntava Michael.

— Ai, mãe, ele é muito bobo. Não existe cavalo com rabo vermelho, existe?

— E cavalo com rabo roxo? Hein? — gritou ele.

— *Meu* pato! — berrava John, tomando o brinquedo de Barbara.

— É meu! É meu! É meu! — chorava Barbara, agarrando-o de volta.

— Crianças, crianças! — a sra. Banks contorcia as mãos em desespero. — Todo mundo quieto, senão eu vou ficar louca!

Veio então um silêncio, e as crianças a olharam atentamente. Será que ela ia mesmo ficar louca? E como ela seria se ficasse?

— Escutem aqui — disse a sra. Banks. — Eu *não* aceito esse comportamento. A coitada da Ellen machucou o tornozelo, então não temos quem cuide de vocês. Quero todo mundo brincando no Parque até a hora do chá. Jane e Michael, vocês por favor cuidem dos pequenos. John, deixe o pato com a Barbara; você fica com ele na hora de dormir. Michael, pode levar sua pipa nova. Todo mundo de chapéu, já!

— Mas eu queria terminar o cavalo — queixou-se Michael, emburrado.

— Por que a gente tem que ir para o Parque? — reclamou Jane. — Não tem nada para fazer lá.

— Porque eu *preciso* de paz — disse a sra. Banks. — E se vocês forem bonzinhos e ficarem lá tranquilos, teremos bolo de coco na hora do chá.

E antes que eles tivessem tempo de começar tudo de novo ela já tinha colocado seus chapéus e os apressava escada abaixo.

— Olhem para os dois lados antes de atravessar a rua! — ela pediu enquanto saíam pelo portão, Jane empurrando os Gêmeos no carrinho e Michael levando a pipa.

Eles olharam para a direita. Não havia nada vindo.

Eles olharam para a esquerda. Só viram o Sorveteiro, tilintando seu sino no fim da rua.

Jane atravessou.

Michael foi atrás dela.

— Odeio essa vida — falou ele, triste, para a pipa. — Tudo sempre dá errado sempre.

Jane empurrou o carrinho até o lago.

— Agora — disse ela — me deem o pato!

Os Gêmeos gritaram e se agarraram a ele. Jane fez com que abrissem os dedos.

— Vejam, lindinhos, ele está indo para a Índia!

O pato flutuou na água. Os Gêmeos o olharam fixamente e soluçaram.

Jane deu a volta no lago, pegou-o e lançou-o na água outra vez.

– Agora ele vai para Southampton! – disse ela alegremente.

Os Gêmeos não pareciam estar gostando da brincadeira.

– Agora para Nova York!

Eles choraram ainda mais alto do que antes. Jane sacudiu as mãos, irritada.

– Michael, o que *vamos fazer* com eles? Se dermos o pato, vão brigar por causa dele; se não dermos, eles vão continuar chorando.

– Vou empinar a Pipa para eles – disse Michael. – Ei, crianças, vejam só!

Ele pegou a Pipa amarela e verde e começou a soltar a linha. Os Gêmeos olhavam com lágrimas nos olhos e nenhum interesse. Michael ergueu a Pipa acima da cabeça e correu um pouco. Ela se agitou no ar por um instante e então caiu inerte na grama.

– Tente de novo! – disse Jane, procurando encorajá-lo.

– Segure a Pipa enquanto eu corro – pediu Michael.

Desta vez a Pipa subiu um pouco mais alto. Mas, enquanto flutuava, sua longa rabiola prendeu-se nos galhos de um limoeiro, e a ela ficou balançando sem forças entre as folhas.

Os Gêmeos gritaram com todo o vigor.

– Oh, céus! – disse Jane. – Nada dá certo ultimamente.

– Olá, olá, olá! O que está acontecendo? – perguntou uma voz atrás deles.

Eles se viraram e viram o Zelador do Parque, muito elegante em seu uniforme com chapéu pontiagudo. Ele estava recolhendo pedaços de papel no chão com a ponta afiada de seu bastão de caminhada.

Jane apontou para o limoeiro. O Zelador olhou para o alto. Seu rosto ficou bastante sério.

— Ora, ora, vocês estão quebrando as regras! Não permitimos lixo aqui, vocês sabem: nem no chão, nem nas árvores também. Não pode de jeito nenhum!

— Mas não é lixo. É uma Pipa! — argumentou Michael.

O Zelador de repente ficou com uma cara de bobo, o olhar perdido. Ele foi até o limoeiro.

— Uma Pipa? Olha só. Eu não empino uma Pipa desde menino!

Ele subiu na árvore e desceu com a Pipa carinhosamente debaixo do braço.

— Ora — disse ele animadíssimo —, vamos dar linha e correr, e ela vai subir! — ele estendeu a mão para pegar o carretel.

Michael segurou-o com firmeza.

— Obrigado, mas eu mesmo quero empinar a Pipa.

— Bom, mas você vai me deixar ajudar, não vai? — disse humildemente o Zelador. — Ajudei a pegar a Pipa na árvore e não empino uma desde menino!

— Tudo bem — concordou Michael, pois não queria parecer malcriado.

— Oh, obrigado, obrigado! — exclamou o Zelador muito agradecido. — Vou pegar a Pipa e dar dez passos no gramado. E quando eu disser "corre", você corre. Olha!

O Zelador caminhou para longe, contando os passos.

— Oito, nove, dez.

Ele se virou e segurou a Pipa sobre a cabeça.

— Corre!

Michael começou a correr.

— Solta! — gritou o Zelador.

Michael escutou algo como um leve bater de asas atrás de si. Sentiu um tranco na linha enquanto o carretel girava em suas mãos.

— Ela subiu! — gritou o Zelador.

Michael olhou para trás. A Pipa voava no ar, abrindo caminho firme para cima. Mergulhava cada vez mais alto, um fio amarelo e verde ricocheteando para longe no azul. O Zelador estava maravilhado.

— Nunca tinha visto uma Pipa como essa. Nem quando eu era menino — murmurou ele, olhando para o alto.

Uma nuvem leve surgiu cobrindo o sol e rolou pelo céu.

— Está se aproximando da Pipa! — disse Jane num sussurro alvoroçado.

A rabiola subiu, subiu, disparada pelo ar até que a Pipa não passava de um pontinho no céu. A nuvem se aproximava, devagar. Mais perto, mais perto!

— Sumiu! — disse Michael, quando o pontinho desapareceu atrás da fina gaze cinzenta.

Jane suspirou. Os Gêmeos estavam tranquilos no carrinho. Uma estranha calma pairava sobre todos. A linha que corria das mãos de Michael parecia ligá-los à nuvem, e a terra ao céu. Eles prenderam a respiração, esperando que a Pipa aparecesse outra vez.

De repente, Jane não aguentou mais.

— Michael — gritou ela. — Traz de volta, traz de volta!

Ela levou a mão à linha, que tremia e repuxava.

Michael girou o carretel e deu um puxão longo e firme. A linha não cedeu. Ele puxou novamente, bufando e ofegando.

— Não consigo — disse ele. — Ela não vem.

— Vou ajudar! — disse Jane. — Agora, puxe!

Por mais que puxassem, porém, a linha não cedia, e a Pipa continuava escondida atrás da nuvem.

— Deixe-me tentar — disse o Zelador com ares de importância. — Quando eu era menino, fazia assim.

E segurou a linha logo acima da mão de Jane e deu um tranco curto e seco. A Pipa pareceu ceder um pouco.

– Agora, todos juntos, puxem! – gritou ele.

O Zelador jogou o chapéu para longe, e, fincando os pés na grama, Jane e Michael puxaram com toda a força.

– Está vindo! – disse Michael, sem ar.

De repente a linha cedeu, e uma pequena forma surgiu rodopiando através da nuvem cinzenta e veio flutuando para baixo.

– Dê linha a ela! – gaguejou o Zelador, olhando para Michael.

Mas a linha já estava se enrolando como que por vontade própria.

E a Pipa foi descendo em piruetas no ar, dançando frenética na ponta da linha que repuxava.

Jane deu uma engasgadinha de espanto.

– Alguma coisa aconteceu! – gritou ela. – Não é a nossa Pipa! É uma diferente!

Eles ficaram olhando fixamente.

Era verdade. A Pipa não era mais amarela e verde. Mudara de cor:

A curiosa figura seguia navegando,
seus pés roçando a copa das árvores.

agora, era azul-marinho. E vinha descendo, com pulos e pinotes.

De repente, Michael deu um grito.

– Jane! Jane! Não é uma Pipa. Parece... oh, parece a...

– Enrole a linha, Michael, enrole! – disse Jane, ofegante. – Não aguento mais esperar!

Àquela altura, acima das árvores mais altas, a forma na ponta da linha já era nítida. Não havia sinal da Pipa amarela e verde: em seu lugar, dançava uma figura a um só tempo estranha e familiar, uma figura de casaco azul com botões dourados e um chapéu de palha com margaridas. Sob o braço, ela trazia um guarda-chuva com uma cabeça de papagaio à guisa de alça, e uma mala feita de tapete marrom balançava em uma de suas mãos, enquanto a outra segurava firme na ponta da linha que encurtava.

– Ah! – Jane deu um grito de alegria. – *É ela!*

– Eu sabia! – exclamou Michael, com as mãos tremendo no carretel.

– Deus do céu! – disse o Zelador, piscando os olhos. – Deus do céu!

A curiosa figura seguia navegando, seus pés roçando delicadamente a copa das árvores. Agora já podiam ver seu rosto e os traços tão conhecidos: o cabelo preto como carvão, os brilhantes olhos azuis e o nariz arrebitado como o de uma boneca holandesa. Enquanto a linha completava sua última volta no carretel, a figura desceu entre os limoeiros e pousou empertigadamente na grama.

Num piscar de olhos, Michael largou o carretel e correu até ela, com Jane em seu encalço.

— Mary Poppins, Mary Poppins! — exclamaram felizes, lançando-se sobre ela.

Atrás deles, os Gêmeos quiriquicavam feito galos de manhã, e o Zelador do Parque abria e fechava a boca como quem quisesse dizer algo mas não encontrasse as palavras.

— FINALMENTE! Finalmente! Finalmente! — exultava Michael, agarrando o braço, a mala, o guarda-chuva de Mary Poppins: qualquer coisa, desde que ele pudesse tocá-la e sentir que ela era real.

— A gente sabia que você ia voltar! A gente encontrou a carta que dizia *au revoir*! — exclamou Jane, abraçando o casaco azul pela cintura.

Uma centelha de sorriso satisfeito cruzou o rosto de Mary Poppins — subindo desde a boca, passando pelo nariz arrebitado e chegando aos olhos azuis. Mas se desfez rapidamente.

— Agradecerei se vocês se recordarem — censurou ela, livrando-se de suas mãos — de que este é um Parque Público, não uma arena. Que modos são esses? Sinto-me num zoológico. E onde, que mal lhes pergunte, estão suas luvas?

Eles se afastaram, fuçando os bolsos.

— Humpf! Façam o favor de colocá-las!

Tremendo de excitação e alegria, Jane e Michael enfiaram as mãos nas luvas e puseram os chapéus.

Mary Poppins aproximou-se do carrinho. Os Gêmeos arrulhavam felizes enquanto ela os prendia com mais firmeza e ajeitava o cobertorzinho. Então ela olhou ao redor.

— Quem colocou aquele pato no lago? — quis saber, com aquela austeridade e altivez que eles conheciam tão bem.

— Fui eu — disse Jane. — Para os Gêmeos. Ele estava indo para Nova York.

— Pois bem, tire-o dali, então! — ordenou Mary Poppins. — Ele não está indo para Nova York, onde quer que isso fique: ele está indo para o Chá em Casa.

E, jogando a mala sobre a alça do carrinho, ela começou a empurrar os Gêmeos em direção ao portão.

O Zelador do Parque, recuperando sua voz de repente, bloqueou a passagem.

— Ei! — falou, encarando-a. — Preciso registrar isso tudo. É contra o Regulamento. Descer do céu, daquele jeito. E de onde, eu gostaria de saber, de onde?

Ele se interrompeu, pois Mary Poppins o olhava de cima a baixo de um jeito que o fez querer estar em outro lugar.

– Fosse eu um Zelador de Parque – observou ela, empertigada –, trataria de abotoar meu casaco e colocar meu chapéu. Com licença.

E, afastando-o para o lado com um gesto altivo, passou com o carrinho.

Corando, o Zelador abaixou-se para pegar o chapéu. Quando olhou para cima de novo, Mary Poppins e as crianças tinham desaparecido pelo portão do Número Dezessete da Cherry Tree Lane.

Ele olhou o caminho. Então olhou para o céu e para o caminho novamente.

– Nunca tinha visto uma coisa dessas! – disse, abalado. – Nem quando era menino!

E ele partiu resmungando e parecendo bem desconcertado.

– ORA, MAS É Mary Poppins! – disse a sra. Banks, ao vê-los entrar. – De onde você veio? Caiu do céu?

– Sim – começou Michael radiante –, ela desceu junto com a...

Ele parou logo, porque Mary Poppins o encarara com um daqueles olhares terríveis dela.

– Encontrei-os no Parque, senhora – respondeu ela, voltando-se para a sra. Banks –, e então os trouxe para casa.

— Você veio para ficar, então?

— Por enquanto, senhora.

— Mas, Mary Poppins, da última vez que você esteve aqui, nos deixou sem qualquer Aviso. Como posso saber que você não fará isso de novo?

— Não pode — respondeu Mary Poppins calmamente.

A sra. Banks ficou um tanto desconcertada.

— Mas... mas você acha que vai? — insistiu ela, hesitante.

— Não sei dizer, senhora, com certeza.

— Oh! — reagiu a sra. Banks, pois naquele instante não foi capaz de pensar em mais nada para dizer.

E, antes que ela se recuperasse da surpresa, Mary Poppins pegou a mala e subiu as escadas com as crianças.

A sra. Banks, contemplando-os, escutou a porta do quarto das crianças fechar suavemente. Então, com um suspiro de alívio, correu até o telefone.

— Mary Poppins está de volta! — comemorou ela.

— Verdade? — disse o sr. Banks do outro lado da linha. — Então talvez eu também volte!

E desligou.

No andar de cima, Mary Poppins tirou o sobretudo. Pendurou-o num gancho atrás da porta do quarto de dormir. Em seguida, tirou o chapéu e pousou-o delicadamente em uma das colunas das camas.

Jane e Michael ficaram assistindo àqueles movimentos tão familiares. Tudo nela estava exatamente como sempre havia sido. Eles mal podiam acreditar que ela tivesse ido embora em algum momento.

Mary Poppins curvou-se e abriu a mala de tapete.

Estava vazia, exceto por um enorme termômetro.

— Para que é isso? — perguntou Jane, curiosa.

— Para você — disse Mary Poppins.

— Mas eu não estou doente — protestou Jane. — Já faz dois meses que tive sarampo.

— Abra a boca! — disse Mary Poppins, com uma voz que fez Jane imediatamente fechar os olhos e obedecer. Veio o termômetro.

— Quero saber como tem sido seu comportamento desde que parti — advertiu Mary Poppins, muito séria. Em seguida, ela tirou o termômetro e segurou-o perto da luz.

— Descuidado, imprudente e desleixado — leu.

Jane espantou-se.

— Hum! — disse Mary Poppins, e enfiou o termômetro na boca de Michael. Ele manteve os lábios bem comprimidos, até que ela tirou o termômetro e leu:

— Um menininho muito arteiro, barulhento e bagunceiro.

— Não sou — disse ele, irritado.

Em resposta, ela colocou o termômetro debaixo do nariz de Michael e ele leu as enormes letras vermelhas: U-M-M-E-N-I-N-I-N-H-O-M-U-I-T-O-A-R-T-E-I-R...

— Viu? — disse Mary Poppins olhando para ele, triunfante. Ela abriu a boca de John e colocou o termômetro.

— Rabugento e irritável — essa era a temperatura de John.

E depois de medir a de Barbara, Mary Poppins leu estas duas palavras: "Totalmente mimada".

— Humpf! — ela bufou. — Estava mesmo na hora de voltar!

Então, ela rapidamente botou o termômetro na própria boca, esperou um instante e tirou.

— Uma pessoa muito excelente e respeitável, extremamente confiável em todos os aspectos.

Um sorriso satisfeito e convencido iluminou seu rosto enquanto lia a temperatura em voz alta.

— Era o que eu imaginava — disse ela, cheia de si. — Agora, chá e cama!

Pareceu-lhes não mais que um minuto entre tomarem seu leite com bolo de coco e entrarem e saírem do banho. Como sempre, tudo que Mary Poppins fazia tinha a velocidade da luz. Colchetes e presilhas se abriram, botões rapidamente saltaram das casas, esponja e sabão correram de cima a baixo feito um raio, toalhas secaram numa esfregada só.

Mary Poppins caminhou por entre as camas, ajeitando todos eles. Seu avental branco engomado estalava, e ela deixava aquele delicioso cheiro de torradas quentinhas.

Quando se aproximou de Michael, ela se curvou e tateou debaixo da cama dele por um instante. Em seguida, puxou cuidadosamente sua cama de acampamento com todos os seus pertences, que estavam arrumados sobre ela em pilhas perfeitas. A barra de sabão, a escova de dentes, o pacote de grampos, o vidro de perfume, a cadeirinha desmontável e a caixa de pastilhas para a garganta. Também as sete camisolas de flanela, as quatro de algodão, as botinas, o dominó, as duas toucas de banho e o álbum de cartões-postais.

Jane e Michael sentaram-se, estupefatos.

— De onde saiu tudo isso? — quis saber Michael. — Já estive debaixo da minha cama umas cem vezes e sei bem que não tinha nada lá.

Mary Poppins não respondeu e começou a se trocar.

Jane e Michael se olharam. Sabiam que não adiantava perguntar, pois Mary Poppins nunca dava explicações.

Ela tirou o colarinho engomado e buscou o fecho de uma corrente que estava no seu pescoço.

– O que tem aí dentro? – perguntou Michael, olhando para um pequeno medalhão pendurado na corrente.

– Um retrato.

– De quem?

– Você vai saber quando chegar a hora. Não antes disso – respondeu ela.

– Quando vai chegar a hora?

– Quando eu for embora.

Eles olharam para ela estarrecidos.

– Mas, Mary Poppins – exclamou Jane –, você não vai nos deixar de novo, vai? Ai, diz que não!

Mary Poppins olhou para ela, muito séria.

– Eu teria uma vida maravilhosa – observou – se passasse todos os meus dias com *vocês*!

– Mas você vai ficar? – insistiu Jane.

Mary Poppins jogava o medalhão para cima e para baixo, na palma da mão.

– Ficarei até a corrente se partir – disse ela, apenas.

E enfiando uma camisola de algodão pela cabeça, começou a se despir sob ela.

– Está tudo bem – Michael sussurrou para Jane. – Prestei atenção na corrente, e ela é bem forte.

Ele acenou com a cabeça para ela, reforçando a ideia. Eles se encolheram nas camas e ali ficaram observando os misteriosos movimentos de Mary Poppins sob a tenda de sua camisola. E pensaram na sua chegada à Cherry Tree Lane e em todas as coisas estranhas e incríveis que aconteceram depois; em como ela tinha partido voando com seu guarda-chuva quando o vento mudou; nos longos e tediosos dias sem ela e na sua maravilhosa descida do céu naquela tarde.

De repente, Michael se lembrou de uma coisa.

– Minha Pipa! – falou, sentando-se na cama. – Eu esqueci a Pipa! Onde ela está?

A cabeça de Mary Poppins surgiu da gola da camisola.

– Pipa? – resmungou ela. – Que Pipa? Qual Pipa?

– Minha Pipa amarela e verde com fitas. Você desceu na ponta da linha dela.

Mary Poppins olhou-o. Ele não era capaz de dizer se ela estava mais chocada ou irritada – parecia as duas coisas.

E, quando ela falou, sua voz era mais terrível do que o seu olhar.

– Eu entendi bem? Você disse que... – ela repetiu as palavras lentamente, entre dentes – ...que eu desci de algum lugar e na ponta de uma linha?

– Mas... você desceu! – gaguejou Michael. – Hoje. De uma nuvem. A gente viu.

– Na ponta de uma linha? Como um pião no cordão, ou um macaco na coleira? Eu, Michael Banks?

Mary Poppins, em sua fúria, parecia ter dobrado de tamanho. Pairou sobre ele em sua camisola, imensa e zangada, aguardando a resposta.

Ele se agarrou aos lençóis em busca de apoio.

– Não fala mais nada, Michael! – sussurrou Jane de sua cama, num alerta. Mas ele tinha ido longe demais para parar.

– Então onde está a minha Pipa? – perguntou, sem medir as consequências. – Se você não desceu... bom... do jeito que eu disse... onde está a minha Pipa? Não está na ponta da linha.

– Como? E eu estou, imagino? – perguntou ela com uma risada irônica.

Ele sentiu então que não adiantava continuar. Não podia explicar. Tinha que desistir.

– N-não – disse, com uma vozinha fraca. – Não, Mary Poppins.

Ela se virou e apagou a luz.

– Seus modos – observou acidamente – não melhoraram desde que eu parti! Na ponta de uma linha, ora essa! Nunca fui tão ofendida em toda a minha vida. Nunca!

Com um movimento furioso, ela armou a cama e deitou-se impaciente, puxando os cobertores por cima da cabeça.

Michael continuava imóvel, ainda agarrado aos lençóis.

– Mas ela desceu, não foi? A gente viu! – sussurrou ele para Jane.

Mas Jane não respondeu. Em vez disso, ela apontou para a porta do quarto.

Michael levantou a cabeça com muito cuidado.

Atrás da porta, em um gancho, estava o sobretudo de Mary Poppins, com seus botões de prata brilhando na penumbra. E, pendendo de um bolso, uma fileira de fitas de papel, as fitas de uma Pipa amarela e verde.

Eles ficaram olhando por um bom tempo.

Então assentiram um para o outro. Sabiam que não tinham nada a dizer, pois havia coisas sobre Mary Poppins que eles jamais poderiam entender. Mas ela estava de volta, e isso era tudo o que importava. O som tranquilo de sua respiração vinha da cama de acampamento e preenchia o quarto. Eles estavam em paz, felizes e completos.

— Eu não ligo, Jane, se ele tiver um rabo roxo — sussurrou Michael.

— Não, Michael! — disse Jane. — Acho que vermelho seria melhor mesmo.

Depois disso não houve outro som no quarto senão o de cinco pessoas respirando tranquilas.

— Puf-puf! — fazia o cachimbo do sr. Banks. — Tic-tic! — faziam as agulhas de tricô da sra. Banks.

O sr. Banks pôs os pés para cima diante da lareira e roncou de leve. Depois de um tempo, a sra. Banks perguntou:

— Você ainda pensa em fazer uma longa viagem marítima?

— Hmm... acho que não. Não sou um bom marinheiro. E meu chapéu está ótimo agora. Foi todo escovado pelo sapateiro da esquina e parece novinho, saído da loja. Além disso, agora que Mary Poppins está de volta, minha água de barbear vai ficar na temperatura certa.

A sra. Banks sorriu sozinha e continuou com o tricô.

Ela estava feliz porque o sr. Banks era um péssimo marinheiro e porque Mary Poppins tinha voltado.

Na cozinha, a sra. Brill estava colocando outra compressa no tornozelo de Ellen.

— Nunca tinha dado muita bola para ela quando ela estava aqui — disse a sra. Brill —, mas devo dizer que essa casa mudou muito desde a tarde de hoje. Tranquila como um dia de domingo e tinindo de arrumada. Não é nada mau ver Mary Poppins de volta.

— Também acho — concordou Ellen, agradecida.

"E eu também" pensou Robertson Ay, escutando a conversa pela parede da despensa. "Agora vou ter um pouco de paz."

Ele se ajeitou confortavelmente num balde de carvão virado e caiu no sono outra vez, com a cabeça apoiada numa vassoura.

Mas o que Mary Poppins achava disso ninguém soube, pois ela guardava seus pensamentos para si mesma e nunca dizia nada para ninguém...

2. A cotovia da srta. Andrew

Era sábado à tarde.

Na entrada do Número Dezessete da Cherry Tree Lane, o sr. Banks se ocupava dando pancadinhas no barômetro e dizendo à sra. Banks como estaria o tempo.

— Vento sul moderado; temperatura amena; trovoadas esparsas; mar calmo — disse ele. — Instabilidade à frente. Opa, o que está acontecendo?

Ele se interrompeu quando ouviu um bum-tum-dum no andar de cima.

Na curva da escada, Michael surgiu de mau humor e emburrado, enquanto descia aos saltos. Atrás dele, Mary Poppins vinha com um Gêmeo em cada braço, empurrando-o com o joelho e fazendo-o descer com um baque a cada degrau. Jane vinha logo depois, trazendo os chapéus.

— Bem começado é meio caminho andado. Descendo, por favor! — Mary Poppins dizia com firmeza.

O sr. Banks abandonou o barômetro e voltou-se para eles.

— Qual é o problema com vocês? — perguntou.

— Não *quero* ir dar uma volta! Quero brincar com o meu trenzinho novo — disse Michael engolindo o choro, enquanto Mary Poppins o forçava com o joelho a descer mais um degrau.

— Mas que bobagem, querido! — respondeu a sra. Banks. — Claro que você quer. Caminhar deixa as pernas compridas e fortes!

— Mas eu gosto mais de pernas curtas — resmungou Michael, descendo outro degrau aos tropeções.

— Quando *eu* era menino — disse o sr. Banks — adorava passear. Costumava sair para passear com a minha governanta até o segundo poste de luz, ida e volta, todos os dias. E eu *nunca* resmungava.

Michael parou na escada e olhou o sr. Banks com desconfiança.

— Você já *foi* um menino? — perguntou, muito surpreso.

O sr. Banks pareceu ofendido.

— Claro que sim. Fui um menino bonzinho de cachinhos loiros, bermuda de veludo e botinas.

— Não dá para acreditar — disse Michael, correndo escada abaixo por vontade própria e olhando bem para o sr. Banks.

Ele simplesmente não conseguia imaginar que seu pai tivesse sido um menininho. Parecia-lhe impossível que o sr. Banks tivesse sido outra coisa além de um homem alto de meia-idade e um pouco careca.

— Qual era o nome da sua governanta? — perguntou Jane, descendo atrás de Michael. — Ela era legal?

— Ela se chamava srta. Andrew e era o terror em pessoa!

— Shhh! — disse a sra. Banks, em tom de reprovação.

— Quer dizer... — corrigiu-se o sr. Banks — ...ela era... hum... muito dura. E estava sempre certa. E adorava mostrar nossos erros e fazer todo mundo se sentir péssimo. A srta. Andrew era assim!

O sr. Banks limpou o suor da testa só de se lembrar da governanta.

Ding! Ding! Ding!

A campainha da frente tocou e ecoou pela casa.

O sr. Banks foi até a porta e abriu. Na escadinha da entrada, com ares de importância, estava o Rapaz do Telégrafo.

— Telegrama urgente. Para Banks. Alguma resposta? — ele entregou um envelope cor de laranja.

— Se forem boas notícias, eu lhe dou um dinheirinho — disse o sr. Banks abrindo o envelope para ler a mensagem. Seu rosto ficou branco.

— Nenhuma resposta — disse ele brevemente.

— E nenhum dinheirinho?

— Nenhum! — respondeu o sr. Banks, irritado. O Rapaz do Telégrafo olhou-o insatisfeito e foi embora cabisbaixo.

— Oh, o que é? — perguntou a sra. Banks, percebendo que não eram boas as notícias. — Alguém está doente?

— Pior que isso — respondeu o sr. Banks desolado.

— Perdemos todo o nosso dinheiro? — a essa altura a sra. Banks também estava pálida e muito ansiosa.

— Pior ainda! O barômetro não falou em trovoadas? E em instabilidade à frente? Escute!

Ele alisou o telegrama e leu em voz alta:

Visita por um mês. Chegando esta tarde às 15h. Favor acender a lareira do quarto. EUPHEMIA ANDREW

— Andrew? Não é o mesmo sobrenome da sua governanta? — perguntou Jane.

— *É* a minha governanta! — respondeu o sr. Banks, andando de um lado para outro e passando as mãos nervosamente pelo que lhe restava de cabelo. — O nome dela é Euphemia. E ela chega hoje às três!

Ele deu um gemido alto.

— Mas eu não acho que sejam más notícias — disse com alívio a sra. Banks. — Isso significa ter que aprontar o quarto extra, é claro, mas eu não me importo. Vou gostar de receber essa boa e velha alma...

— Boa e velha alma! — rugiu o sr. Banks. — Você não sabe o que está falando. Boa e... por meus padrinhos saltitantes! Espere para ver, é só o que digo. Espere para ver!

Ele pegou o chapéu e a capa de chuva.

— Mas, meu querido! — exclamou a sra. Banks. — Você precisa estar aqui para recebê-la. Que falta de educação! Aonde você vai?

— Para lugar nenhum. Para qualquer lugar. Diga a ela que morri! — respondeu ele, amargo. E saiu correndo de casa muito nervoso e abatido.

— Meu Deus, Michael, como ela *pode ser*? — falou Jane.

— A curiosidade matou o gato — disse Mary Poppins. — Coloquem os chapéus, por favor!

Ela ajeitou os Gêmeos no carrinho e saiu empurrando pelo caminho do jardim. Jane e Michael foram atrás.

— Aonde vamos hoje, Mary Poppins?

— Cruzar o Parque e seguir a rota do ônibus Trinta e Nove, subir a Rua Principal, atravessar a Ponte e chegar em casa pelo Arco da Ferrovia! — disparou ela.

— Se a gente fizer isso, vai andar até de noite! — Michael ficou para trás com Jane e sussurrou. — E vamos perder a srta. Andrew.

— Ela vai ficar o mês todo — lembrou Jane.

— Mas eu quero ver ela chegar! — reclamou ele, arrastando os pés pela rua.

— Andem direito, por favor — disse secamente Mary Poppins. — É como se eu estivesse passeando com um par de lesmas, com vocês dois!

Mas quando eles finalmente a alcançaram, ela os fez esperar por uns cinco minutos do lado de fora de uma loja que vendia peixe frito enquanto se olhava na vitrine.

Ela estava com sua blusa nova, branca com bolinhas cor-de-rosa, e seu rosto, enquanto ela se olhava refletida sobre as pilhas de badejos fritos, tinha um ar contente e satisfeito. Ela ajeitou o casaco um pouco mais para trás para deixar a blusa mais visível e pensou que, no geral, nunca tinha visto Mary Poppins tão bonita. Mesmo os peixes fritos, com seus rabos fritos enrolados para dentro das próprias bocas, pareciam olhar para ela com olhos redondos de admiração.

Mary Poppins fez um sinalzinho vaidoso para o reflexo e se apressou. Eles já tinham passado da Rua Principal e estavam atravessando a Ponte. Não demoraram a chegar ao Arco da Ferrovia, e Jane e Michael saltaram animadíssimos adiante do carrinho dos bebês e correram até virarem a esquina da Cherry Tree Lane.

— Tem um táxi! — exclamou Michael, animado. — Deve ser o da srta. Andrew.

Ficaram parados ali, esperando Mary Poppins e de olho na srta. Andrew.

Um táxi, descendo lentamente a rua, aproximou-se do portão do Número Dezessete. Ele gemeu e tremeu quando o motor parou. O que não foi nenhuma surpresa, pois o carro estava carregadíssimo de bagagem. Mal dava para ver o próprio táxi, com os baús no teto e os baús atrás e os baús dos dois lados.

Malas e cestas atravessavam as janelas, uma parte para dentro e outra para fora do carro. Caixas de chapéu vinham amarradas nas portas e duas valises pareciam estar sentadas no lugar do motorista.

Foi então que o Motorista em pessoa surgiu de debaixo das malas. Ele saiu cuidadosamente, como se estivesse descendo uma montanha íngreme, e abriu a porta.

Uma caixa de sapato pulou para fora do carro, seguida por um pacote grande de papel pardo e depois dele um guarda-

chuva e uma bengala, amarrados por uma corda. Por fim, uma pequena balança caiu do teto, derrubando o Motorista.

— Cuidado! Cuidado! — gritou de dentro do carro uma voz estridente como um trompete. — São coisas de valor!

— E eu sou um motorista de valor! — devolveu o Motorista, levantando-se e esfregando o tornozelo. — Parece que a senhora esqueceu, né?

— Saia da frente, por favor, saia da frente! Vou sair! — clamou novamente o vozeirão.

E naquele instante apareceu no degrau do táxi o maior pé que as crianças já tinham visto. Ao pé seguiu-se o resto do corpo da srta. Andrew.

Um grande casaco com gola de pele a envolvia e em sua cabeça aninhava-se um chapéu de feltro masculino, do qual descia um longo véu cinza.

As crianças foram andando discretamente rente à cerca, observando com interesse aquela enorme figura de nariz pontudo, boca assustadora e pequenos olhos que miravam furiosos por trás dos óculos. Quase ensurdeceram de ouvir aquela voz enquanto ela discutia com o Motorista do Táxi:

— Quatro libras e três *pence*! — dizia ela. — Que absurdo! Eu podia dar meia volta ao mundo por esse valor. Não pago! E mais: vou chamar a polícia.

O Motorista deu de ombros:

— Essa é a tarifa — retrucou calmamente. — Se souber ler, pode ver no taxímetro. Não dá para dirigir um táxi apenas por amor, não com esse monte de bagagem.

A srta. Andrew bufou e, enfiando a mão no enorme bolso, tirou uma bolsinha minúscula. Entregou uma moeda ao Taxista. Ele olhou para a moeda e virou-a de um lado e de outro como se ela fosse algo curioso. Então ele riu rudemente.

— Esta é a gorjeta? — perguntou com sarcasmo.

— Decerto que não. É pela corrida. Sou contra gorjetas — disse a srta. Andrew.

— Como não seria? — disse o Motorista, olhando para ela.

E para si mesmo, comentou:

— Bagagem suficiente para encher metade do Parque e não dá gorjeta. Megera!

Mas a srta. Andrew não ouviu. As crianças tinham chegado ao portão e ela se virou para cumprimentá-las, com seus pés retumbando na calçada e o véu esvoaçando.

– Pois bem – disse ela com rispidez e com um sorriso bem fino –, imagino que vocês não saibam quem *eu* sou...

– Ah, a gente sabe! – respondeu Michael com sua voz mais simpática, pois estava contente em conhecer a srta. Andrew. – Você é o Terror em Pessoa!

Uma mancha roxa subiu pelo pescoço da srta. Andrew e inundou todo o seu rosto.

– Mas você é um menino muito grosseiro e impertinente. Contarei o que acabei de ouvir ao seu pai.

Michael ficou surpreso.

– Não quis ser grosseiro – ele começou. – Foi o Papai que disse...

– Chega! Silêncio. Não ouse me responder! – disse a srta. Andrew. Ela se virou para Jane. – E você é Jane, imagino? Hum... jamais gostei desse nome.

– Como vai? – disse Jane muito educada, mas pensando consigo mesma que não gostava do nome Euphemia.

– Esse vestido é muito curto! – trombeteou a srta. Andrew –, e você deveria estar usando meias. Na minha época menininhas não ficavam de perna de fora. Vou falar com a sua mãe.

– Não gosto de meias – disse Jane. – Só uso no inverno.

– Não seja desaforada. As crianças devem ser vistas, apenas, e nunca ouvidas! – retrucou a srta. Andrew.

Ela então foi até o carrinho e, à guisa de cumprimento, apertou as bochechas dos Gêmeos com suas mãos imensas.

John e Barbara começaram a chorar.

– Tsc! Que modos! – exclamou a srta. Andrew. – Enxofre e melaço: é disso que eles precisam – prosseguiu ela, voltando-se para Mary Poppins. – Crianças educadas não choram desse jeito. Enxofre e melaço, e bastante. Não se esqueça!

– Obrigada, senhora – disse Mary Poppins com fria polidez. – Mas eu educo as crianças ao meu modo e não recebo conselhos de quem quer que seja.

A srta. Andrew olhou para ela espantada. Parecia não acreditar no que tinha ouvido.

Mary Poppins ficou olhando de volta, calma e sem medo.

– Minha menina! – disse a srta. Andrew, empertigando-se. – Você perdeu a cabeça. Como ousa me responder dessa maneira! Tomarei providências para que você seja afastada deste estabelecimento! Escute o que estou dizendo!

Ela empurrou o portão e marchou jardim afora, balançando furiosamente um objeto redondo coberto por um pano xadrez e fazendo "Tsc-tsc!" sem parar.

A sra. Banks veio correndo recebê-la.

– Bem-vinda, srta. Andrew, bem-vinda! – disse ela educadamente. – Que gentileza a sua nos fazer uma visita. Um prazer inesperado. Espero que tenha feito uma boa viagem.

— Foi absolutamente desagradável. Não gosto de viajar — disse a srta. Andrew. Seu olhar inquiridor e irritado percorreu o jardim em torno.

— Terrivelmente desmazelado! — comentou, com desprezo. — Siga meu conselho e arranque essas coisas — ela apontou os girassóis —, e plante folhagens. Dá menos trabalho. Poupa tempo *e* dinheiro. E fica mais arrumado.

Melhor ainda é não ter jardim. Apenas um quintal de cimento.

– Mas eu prefiro flores! – protestou a sra. Banks gentilmente.

– Ridículo! Um absurdo! Você é uma boba. E seus filhos são muito mal-educados, especialmente o menino.

– Oh, Michael! Estou *realmente* surpresa! Você foi grosseiro com a srta. Andrew? Peça desculpas imediatamente.

A sra. Banks estava ficando bastante nervosa e perturbada.

– Não, mãe, não fui. Eu apenas – ele começou a explicar, mas a voz de trombeta da srta. Andrew o interrompeu.

– Ele foi extremamente desagradável – insistiu ela. – Ele precisa ir para um colégio interno, e logo. E a menina precisa de uma governanta. Eu mesma escolherei. E quanto à jovem que vocês têm para tais cuidados – ela apontou na direção de Mary Poppins com a cabeça – vocês devem dispensá-la imediatamente. Ela é impertinente, incapaz e não inspira nenhuma confiança.

A sra. Banks estava em choque.

– Oh, certamente está enganada, srta. Andrew! Ela é um verdadeiro tesouro.

– Vocês não sabem de nada. Eu *nunca* me engano. Livrem-se dela!

A srta. Andrew então se afastou, seguindo pelo caminho até a porta.

A sra. Banks apressou-se atrás dela parecendo bastante preocupada e irritada.

— Eu... bem... espero que fique confortável aqui, srta. Andrew! — disse ela educadamente. Mas estava começando a se sentir insegura.

— Hum... isto não é bem uma casa — respondeu a srta. Andrew. — E está numa condição assustadora: descascando por toda parte, caindo aos pedaços. Vocês precisam de um carpinteiro. E quando essas escadas foram lavadas? Estão imundas.

A sra. Banks mordeu o lábio. A srta. Andrew pintava seu adorável lar, tão confortável, como um lugar ruim, destruído, e isso a deixou infeliz.

— Cuidarei disso amanhã — disse ela humildemente.

— Por que não hoje? — insistiu a srta. Andrew. — Não deixe para amanhã o que pode fazer hoje. E por que pintar a porta de branco? Marrom-escuro, essa sim é a cor certa para uma porta. Mais barata, e a sujeira não aparece. Veja só essas manchas!

E pondo o objeto redondo no chão, ela começou a apontar as marcas na porta:

— Aqui! Aqui! Aqui! Em toda parte! Uma vergonha!

— Cuidarei disso imediatamente — falou a sra. Banks, desanimada. — Não quer subir para ver o seu quarto?

A srta. Andrew marchou atrás dela.

— Espero que tenha aquecimento.

– Ah, sim. E um bom aquecimento. Por aqui, srta. Andrew. Robertson Ay vai trazer sua bagagem.

– Bem, diga a ele para ser cuidadoso. Os baús estão cheios de vidros de remédio. Preciso cuidar da minha saúde!

A srta. Andrew foi andando em direção à escada. Passou os olhos pela sala.

– O papel de parede precisa ser trocado. Falarei com George sobre isso. E por que, eu me pergunto, ele não está aqui para me receber? Muito indelicado da parte dele. Vejo que seus modos não melhoraram nada.

A voz foi ficando um pouco mais baixa à medida que a srta. Andrew seguia a sra. Banks até o andar de cima. De longe, as crianças podiam ouvir a mãe concordando cordialmente em fazer tudo o que a srta. Andrew queria.

Michael perguntou para Jane:

– Quem é George?

– É o Papai.

– Mas o nome dele é sr. Banks.

– Sim, mas o outro nome dele é George.

Michael suspirou.

– Um mês é tempo demais, não é, Jane?

– Sim, quatro semanas e um pouquinho – respondeu Jane, sentindo que um mês com a srta. Andrew ia parecer durar um ano.

Michael chegou ainda mais perto dela.

– E... – ele sussurrou, aflito. – Ela não pode realmente fazer com que eles mandem a Mary Poppins embora, pode?

– Acho que não. Mas ela é muito esquisita. Não é à toa que o Papai saiu.

– Esquisita!

A palavra retumbou atrás deles como uma explosão.

Eles se viraram. Mary Poppins fuzilava a srta. Andrew com um olhar que seria capaz de matá-la.

– Esquisita! – repetiu ela com uma longa fungada. – *Essa* não é a palavra certa para ela. Humpf! Não sei educar crianças, não é? Sou impertinente, incapaz e não inspiro nenhuma confiança? Vamos ver só!

Jane e Michael estavam acostumados às ameaças de Mary Poppins, mas agora havia um tom na sua voz que eles nunca tinham escutado. Olharam para ela em silêncio, tentando imaginar o que ia acontecer.

Um som baixinho, meio um suspiro, meio um assovio, soou no ar.

– O que foi isso? – disse Jane.

O som se repetiu, dessa vez um pouco mais alto. Mary Poppins inclinou a cabeça e ficou escutando. Um trinado fraco parecia vir do degrau da entrada.

– Ah! – exclamou Mary Poppins, exultante. – Eu devia ter imaginado!

Com um movimento rápido, ela foi até o objeto redondo que a srta. Andrew tinha deixado para trás e puxou a capa. Debaixo dela havia uma gaiola de metal, muito limpa e brilhante. E sentado no cantinho do poleiro, escondido entre as próprias asas, estava um passarinho marrom. Ele piscou de leve acostumando-se com a luz da tarde. Em seguida, olhou solenemente ao redor com seus olhinhos escuros. Deu de cara com Mary Poppins, e com um lampejo de reconhecimento abriu o bico e soltou um piadinho triste, que mal dava para ouvir. Jane e Michael nunca tinham escutado um som tão infeliz.

— Ela fez isso, de verdade? Ai, ai, ai! Não acredito — disse Mary Poppins, balançando a cabeça, compreensiva.

— Piu-piiiiu! — fez o passarinho, encolhendo as asas amuado.

— Como? Dois anos? Nessa gaiola? Que absurdo! — disse Mary Poppins ao passarinho, com o rosto vermelho de raiva.

As crianças olhavam, de boca aberta. O passarinho não falava em nenhuma língua que eles conhecessem, e no entanto lá estava Mary Poppins conversando com ele como se entendesse tudo.

— O que ele está dizendo? — perguntou Michael.

— Shhh! — fez Jane, beliscando o braço dele para que ficasse calado.

Eles ficaram olhando para o passarinho em silêncio. Então, ele deu uns pulinhos pelo poleiro, aproximando-se de Mary Poppins, e cantou uma ou duas notas em tom de pergunta.

Mary Poppins concordou:

– Sim, é claro que eu conheço esse lugar. Foi lá que ela pegou você?

O passarinho assentiu com a cabeça, e cantou um trinado breve que parecia mais uma pergunta.

Mary Poppins pensou por um instante.

– Bem – disse ela –, não é assim tão longe. Você chega em uma hora, mais ou menos. É só voar para o sul.

O passarinho pareceu contente. Dançou um pouco no poleiro e bateu as asas animado. Então cantou mais uma vez, uma torrente de notas perfeitas e claras, como se estivesse implorando alguma coisa para Mary Poppins.

Ela virou a cabeça e olhou para a escada com atenção.

– Se eu *vou*? O que você acha? Você não ouviu quando ela disse que eu era uma "menina"? Eu?! – ela debochou.

Os ombros do passarinho sacudiram como se ele estivesse rindo.

Mary Poppins se abaixou.

– O que você vai fazer, Mary Poppins? – exclamou Michael, incapaz de se conter por mais tempo. – Que passarinho é esse?

– É uma cotovia – disse Mary Poppins, enquanto destrancava a portinha da gaiola. – Vocês estão vendo uma cotovia numa gaiola pela primeira... e última vez!

E enquanto ela falava, a porta da gaiola se abriu. A Cotovia, batendo as asas, saiu com um trinado alto e pousou no ombro de Mary Poppins.

– Humpf! – disse ela. – Bem melhor, não é?

– Piiiiu! – concordou a Cotovia, assentindo.

– Bem, é melhor você ir – aconselhou Mary Poppins. – Ela vai voltar num instante.

A Cotovia então começou a cantar numa explosão de sons, enquanto sacudia as asas e inclinava a cabeça muitas vezes.

– Pronto, pronto! – disse Mary Poppins, um pouco contrariada. – Não precisa agradecer. Estou feliz por fazer isso. Não posso ver uma cotovia numa gaiola! Além disso, você ouviu do que ela me chamou!

A Cotovia jogou a cabeça para trás e bateu as asas animadamente. Parecia estar rindo muito. Ela então inclinou a cabeça para o lado, prestando atenção.

– Oh, quase me esqueci! – soou a trombeta no andar de cima. – Esqueci o Caruso lá embaixo. Naquela escada suja. Preciso pegá-lo.

Ouviram-se os passos pesados da srta. Andrew descendo a escada.

– O quê? – exclamou ela, respondendo a alguma pergunta feita pela sra. Banks. – Oh, é a minha cotovia, a minha cotovia, Caruso! Dei esse nome porque é um passarinho que cantava muito bem. O quê? Não, ele não canta mais, desde que o peguei no campo e o coloquei na gaiola. Não consigo entender por quê.

A voz se aproximava, cada vez mais alta.

— Claro que não! — respondeu ela para a sra. Banks.
— Eu mesma busco. Não confio naquelas crianças mal-criadas. Suas balaustradas estão precisando de polimento. Imediatamente.

Tum-tum, tum-tum. Os passos da srta. Andrew ecoavam pela sala.

— Aí vem ela! — sussurrou Mary Poppins. — Fuja!

Ela deu uma sacudidela no ombro.

— Rápido! — gritou Michael, nervoso.

— Vamos, ande logo! — disse Jane.

Os Gêmeos balançaram as mãos.

Com um movimento rápido a Cotovia abaixou a cabeça e puxou uma das suas penas com o bico.

— Piiiiiiiiu-piuuuu! — cantou ela, enfiando a pena na fita do chapéu de Mary Poppins. Então abriu as asas e voou.

No mesmo instante, a srta. Andrew apareceu na porta.

— O quê? — gritou ela quando viu Jane, Michael e os Gêmeos. — Ainda não foram para a cama? Mas isso não é possível. Todas as crianças bem-criadas — ela olhou funestamente para Mary Poppins — deveriam ir para a cama às cinco da tarde. Vou falar com o pai de vocês, não tenham dúvida.

Ela olhou ao redor.

— Agora, deixe-me ver. Onde eu deixei a minha... — ela se calou de repente. A gaiola descoberta, com a portinha aberta, estava aos seus pés. Ela não conseguia acreditar no que via.

– Por quê? Quando? Onde? O quê? Quem? – tartamudeou. Então sua voz ressurgiu, a plenos pulmões.

– Quem tirou a capa? – trovejou ela. As crianças tremeram.

– Quem abriu a gaiola?

Nenhuma resposta.

– *Onde está a minha cotovia?*

O silêncio persistia enquanto a srta. Andrew olhava de uma criança para outra. Por fim, seu olhar acusador recaiu sobre Mary Poppins.

– Foi você! – exclamou ela, apontando-lhe o indicador imenso. – Dá para saber pelo seu jeito de olhar! Como ousa! Hoje mesmo você vai deixar esta casa, de mala e cuia! Insolente, impertinente, imprestável...

Piu-Piiiiu!

Lá do alto veio aquele trinado que mais parecia uma risada. A srta. Andrew olhou para cima. A Cotovia voava calmamente bem em cima dos girassóis.

– Ah, Caruso, aí está você! – exclamou a srta. Andrew. – Venha aqui! Não me faça esperar. Volte para a sua bela gaiola, limpinha, Caruso, e me deixe fechar a porta!

Mas a Cotovia continuava no ar e ria sem parar, jogando a cabeça para trás e batendo as asas contra o corpo.

A srta. Andrew pegou a gaiola no chão e segurou-a no alto.

— Caruso, o que eu disse? Venha imediatamente! — ela ordenou, balançando a gaiola para o passarinho. Mas ele passou voando por ela e roçou o chapéu de Mary Poppins.

— Piu-Piiiu! — ele pediu.

— Está bem — disse Mary Poppins, fazendo um sinal com a cabeça.

— Caruso, você está me ouvindo? — gritou a srta. Andrew. Agora, porém, havia um tom de desânimo em sua voz alta. Ela colocou a gaiola de volta no chão e tentou pegar a Cotovia com as próprias mãos. Mas o passarinho desviava e passava rápido por ela, até que disparou pelo céu.

Uma chuva de notas desceu até Mary Poppins.

— Estou pronta! — respondeu ela.

E então uma coisa muito estranha aconteceu.

Mary Poppins fixou os olhos na srta. Andrew, e a srta. Andrew, subitamente enfeitiçada por aquele olhar sinistro, começou a tremer de cima a baixo. Ela deu uma engasgadinha, cambaleou para a frente e, rápida como um trovão, foi na direção da gaiola. E então... foi a srta. Andrew que encolheu ou a gaiola que cresceu? Jane e Michael não tinham certeza. Tudo que sabiam era que a portinha da gaiola se fechou, e lá a srta. Andrew ficou.

– Oh! Oh! Oh! – ela gritou, quando a Cotovia veio e, voando, pegou a gaiola pela alça.

– O que estou fazendo? Para onde estou indo? – berrava a srta. Andrew enquanto a gaiola balançava no ar.

– Não tenho espaço para me mexer! Não consigo respirar! – gritava ela.

– A Cotovia também não tinha! – disse Mary Poppins tranquilamente.

A srta. Andrew sacudia as grades da gaiola.

– Abram a porta! Abram a porta! Deixem-me sair, estou mandando! Deixem-me sair!

– Humpf! Acho que não – disse Mary Poppins com ironia.

E a Cotovia cantava, subindo cada vez mais alto. E a gaiola, pesada com a srta. Andrew lá dentro, balançava, perigosamente pendurada em suas garras.

Mais alto que o canto da Cotovia, eles podiam ouvir a srta. Andrew, que gritava e batia nas grades:

– Eu, que fui Bem Educada! Eu, que estava Sempre Certa! Eu, que Nunca Errei. Como vim parar aqui?

Mary Poppins deu uma risadinha estranha.

A Cotovia estava bem pequenininha agora, dando voltas lá no alto, cantando alto, triunfante. E a srta. Andrew e sua gaiola balançavam pesadas sob ela, de um lado para o outro, como um navio numa tempestade.

— Deixem-me sair, estou mandando! Deixem-me sair!

— Deixem-me sair, estou mandando! Deixem-me sair! — o grito chegava até eles, lá embaixo.

De repente, a Cotovia mudou de direção. Parou de cantar por um instante, e disparou para um lado. Então começou novamente a plenos pulmões quando, sacudindo a alça da gaiola de suas garras, voou para o sul.

— Está indo embora! — disse Mary Poppins.

— Para onde? — perguntaram Jane e Michael.

— Para casa, para o campo — respondeu ela, olhando para o alto.

— Mas ela soltou a gaiola! — disse Michael, com os olhos arregalados.

E o susto fazia todo o sentido, pois a gaiola vinha mergulhando em direção ao chão, rodando sem parar. Eles podiam ver claramente a srta. Andrew, ora de pé, ora de ponta-cabeça, enquanto a gaiola girava no ar. Pesada como uma pedra, caiu com um baque alto no degrau da entrada.

Com um movimento violento, a srta. Andrew abriu a porta da gaiola. E, quando ela saiu, pareceu a Jane e Michael que estava maior e mais assustadora do que antes.

Por um instante ela ficou parada ali, incapaz de falar, recuperando o fôlego, com o rosto mais roxo do que nunca.

— Como você se atreve? — disse num sussurro sinistro, apontando o dedo trêmulo para Mary Poppins. E então

Jane e Michael viram que seus olhos não tinham mais fúria ou desprezo, só terror.

— Sua... sua... — gaguejou, com a voz rouca — ...sua menina cruel, desrespeitosa, perversa, estranha... Como pôde, como?

Com os olhos semicerrados, Mary Poppins ficou olhando vingativamente para a srta. Andrew por um bom tempo.

— Você disse que eu não sei educar crianças — falou lenta e claramente.

A srta. Andrew encolheu-se, tremendo de medo.

— Eu... eu peço desculpas — respondeu, mal conseguindo respirar.

— Que eu era impertinente, incapaz e não inspirava a menor confiança — continuou, tranquila e implacável.

A srta. Andrew se encolheu diante daquele olhar firme.

— Foi um engano. Eu... eu sinto muito — gaguejou ela.

— Que eu era uma menina! — prosseguiu Mary Poppins, sem dó.

— Retiro o que disse — arfou a srta. Andrew. — Tudo. Só me deixe ir embora, não peço mais nada.

Ela uniu as mãos e olhou para Mary Poppins, implorando.

— Não posso ficar aqui — murmurou. — Não, não! Aqui não! Peço que me deixe ir embora.

Pensativa, Mary Poppins olhou-a longamente. Então, com um pequeno movimento da mão ela disse:

— Vá!

A srta. Andrew deu um suspiro de alívio:

— Oh, obrigada! Obrigada!

Ainda de olhos fixos em Mary Poppins, ela cambaleou de costas pelos degraus, virou-se e saiu tropeçando pelo caminho do jardim.

O Motorista do Táxi, que tinha ficado todo esse tempo descarregando a bagagem, estava ligando o motor e preparando-se para ir embora.

A srta. Andrew ergueu a mão trêmula.

— Espere! — pediu ela, com a voz fraca. — Espere por mim. Dou-lhe dez xelins se você me levar daqui agora mesmo.

O homem arregalou os olhos.

— Estou falando sério! — disse ela, aflita. E remexendo o bolso, nervosa: — Veja, aqui está. Tome. E vamos!

A srta. Andrew entrou aos tropeços no táxi e desabou no banco.

O Motorista, ainda atônito, fechou a porta ao lado dela.

Em seguida, começou a colocar a bagagem de volta no carro, apressado. Robertson Ay tinha caído no sono bem em cima da pilha de malas, mas o Motorista do Táxi não se deu ao trabalho de acordá-lo. Empurrou-o para fora do caminho e terminou ele mesmo o trabalho.

— Está parecendo que ela teve um choque! Nunca vi ninguém entrar no táxi desse jeito. Nunca! — murmurou para si mesmo enquanto dava a partida.

Mas que tipo de choque fora, o Motorista não sabia dizer, e mesmo que vivesse mais cem anos não poderia adivinhar...

— Onde está a srta. Andrew? — perguntou a sra. Banks, indo até a porta da frente, à procura da hóspede.

— Foi embora — disse Michael.

— Como assim, embora? — a sra. Banks ficou bastante surpresa.

— Ela não quis ficar, eu acho — disse Jane.

A sra. Banks fez uma cara desconfiada.

— O que isso significa, Mary Poppins? — ela perguntou.

— Eu não saberia dizer, senhora — respondeu Mary Poppins tranquilamente, como se aquele assunto não a interessasse. Ela olhou para a blusa nova e alisou um vinco.

A sra. Banks olhou-os um por um e balançou a cabeça.

— Que coisa mais estranha! Não consigo entender.

Bem nesse momento o portão abriu e fechou com um estalo delicado. O sr. Banks vinha se aproximando na ponta dos pés pelo caminho do jardim. Ele hesitava, esperando ansioso parado num pé só quando todos se viraram para ele.

— E então, ela já chegou? — ele perguntou, num suspiro nervoso.

— Já chegou e já foi — disse a sra. Banks.

O sr. Banks arregalou os olhos.

— Já foi? Você quer dizer... foi embora de verdade? A srta. Andrew?

A sra. Banks confirmou.

— Que felicidade! — exclamou o sr. Banks, e agarrando a bainha da capa de chuva fez uma dancinha de alegria bem ali no meio do jardim. Então ele parou de repente: — Mas como? Quando? Por quê?

— Agora mesmo, num táxi. Porque as crianças foram mal-educadas com ela, penso eu. Ela se queixou delas comigo. Não consigo pensar em outra razão. Você consegue, Mary Poppins?

— Não, senhora, não consigo — respondeu Mary Poppins, tirando uma poeirinha da blusa com grande cuidado.

O sr. Banks se virou para Jane e Michael com uma cara desolada.

— Vocês foram mal-educados com a srta. Andrew? A minha governanta? Aquela boa e velha alma? Que vergonha, estou muito envergonhado.

Ele falava como se estivesse zangado, mas havia um brilho sorridente em seus olhos.

— Que homem sem sorte eu sou! — ele continuou, pondo as mãos nos bolsos. — Eu me mato de trabalhar dia e noite para educá-los o melhor que posso, e o que vocês me dão em troca? São mal-educados com a srta. Andrew! Que vergonha! É um absurdo. Não sei se vou conseguir perdoá-los algum dia. Mas — disse ele, tirando duas moedas do bolso e oferecendo-as solenemente a cada um deles — vou fazer o máximo para esquecer!

Ele se virou, sorrindo.

– Opa! – exclamou ele, tropeçando na gaiola. – De onde isso saiu? De quem é?

Jane e Michael e Mary Poppins ficaram em silêncio.

– Bom, não importa – disse o sr. Banks. – É minha agora. Vou deixá-la no jardim e colocar minhas flores nela.

E saiu, levando a gaiola e assoviando muito alegre...

– Bem – disse Mary Poppins, séria, quando levou as crianças para o quarto. – Foi um tanto extravagante, eu devo dizer. Vocês se comportaram muito mal com a visita do pai de vocês.

– Mas nós não fomos mal-educados – protestou Michael. – Eu só disse que ela era o Terror em Pessoa, e ele mesmo falou assim dela.

– Fazê-la ir embora quando ela tinha acabado de chegar: não acham que isso é mal-educado? – prosseguiu Mary Poppins.

– Mas não fomos nós – disse Jane. – Foi você que...

– *Eu* fui mal-educada com a hóspede do seu pai? – Mary Poppins olhou furiosa para Jane, com as mãos na cintura. – Você se atreve a me dizer uma coisa dessas?

– Não! Não! Você não foi mal-educada, mas...

– Não creio que tenha sido – retrucou Mary Poppins, tirando o chapéu e desdobrando o avental. – *Eu* fui muito bem criada! – fungou, enquanto despia os Gêmeos.

Michael suspirou. Ele sabia que era inútil discutir com Mary Poppins.

Ele olhou para Jane. Ela examinava atentamente a sua moeda.

— Michael! — disse ela. — Eu estava aqui pensando.

— No quê?

— O papai deu a moeda para a gente porque acha que fomos *nós* que mandamos a srta. Andrew embora!

— Eu sei.

— Mas não fomos nós. Foi a Mary Poppins!

Michael arrastou os pés no chão.

— Então você acha... — começou ele, inquieto, esperando que ela não quisesse dizer o que ele pensou que ela queria dizer.

— Sim, acho — disse Jane, assentindo.

— Mas... mas eu queria gastar a minha!

— Eu também. Mas não seria justo. As moedas são dela, na verdade.

Michael pensou sobre o assunto por um bocado de tempo. Então suspirou:

— Tudo bem — falou, resignado, e tirou a moeda do bolso.

Eles foram juntos até Mary Poppins.

Jane pegou as moedas.

— Mary Poppins — disse ela, sem fôlego —, achamos que você devia ficar com isso.

Mary Poppins pegou as moedas e virou-as na palma da mão, cara e coroa. Ela então olhou para eles de um jeito que pareceu que estava olhando fundo dentro deles e *vendo* o que estavam pensando. Por um bom tempo ela ficou assim, olhando fundo os pensamentos deles.

— Humpf! — disse ela afinal, guardando as moedas no bolso do avental. — Cuide do pequeno e o grande cuidará de si mesmo.

— Eu imagino que elas sejam muito úteis para você — disse Michael, olhando triste para o bolso.

— Imagino que sim — respondeu ela, seca, enquanto saía para encher a banheira...

3. Uma quarta-feira ruim

Tique-taque! Tique-taque!

O pêndulo do relógio do quarto das crianças balançava para a frente e para trás como uma velha senhora cabeceando enquanto cochila.

Tique-taque! Tique-taque!

Então o tique-taque parou e o relógio começou a tremer e grunhir, primeiro baixinho, depois alto, como se estivesse com dor. E enquanto tremia, ele se sacudia tão violentamente que o aparador da lareira tremia junto. O vidro vazio de geleia pulava e chacoalhava e estremecia; a escova de cabelo de John, que passara a noite ali, dançava sobre as cerdas; a tigela de porcelana pintada que a tia-avó da sra. Banks, Caroline, tinha dado como presente de primeira comunhão virou de lado, e os três menininhos que brincavam de cavalinho nela ficaram de cabeça para baixo.

E depois de tudo isso, justamente quando o relógio parecia prestes a explodir, ele começou a badalar.

Uma! Duas! Três! Quatro! Cinco! Seis! Sete!

No último toque Jane acordou.

O sol entrava no quarto por uma fresta nas cortinas e fazia listras douradas nas cobertas dela. Não se ouvia nenhum som na cama de Michael. Os Gêmeos chupavam o dedo e respiravam profundamente em suas caminhas.

— Sou a única pessoa acordada — disse Jane, bastante feliz. — Todas as pessoas do mundo estão dormindo, menos eu. Posso ficar aqui sozinha só pensando, e pensando e pensando!

E ela encostou o queixo nos joelhos e se encolheu na cama, como se estivesse em um ninho.

— Sou um passarinho! — disse ela. — Acabei de botar sete lindos ovos e agora vou chocar essas belezinhas. Piu-piu! Piu-piu!

Ela fez um barulhinho engraçado, como se fosse um passarinho chocando.

— E depois de algum tempo, talvez meia hora, vou ouvir um piadinho, umas pancadinhas, e as casquinhas vão quebrar. Aí vão aparecer sete passarinhos bem pequenininhos, três amarelos, dois marrons e dois...

— Hora de levantar!

Mary Poppins, surgindo não se sabe de onde, puxou as cobertas de cima de Jane.

— Ah, não, NÃO! — resmungou Jane, puxando-as de volta.

Ela ficou bastante irritada com Mary Poppins por chegar daquele jeito e acabar com a brincadeira.

— Não quero levantar! — disse ela, enfiando o rosto no travesseiro.

— Ah, é? — disse Mary Poppins calmamente, como se aquilo não fosse importante. Ela puxou as cobertas de uma vez só, e Jane se viu de pé no chão.

— Ai, droga! — reclamou ela. — Por que eu tenho sempre que levantar primeiro?

— Você é a mais velha, é por isso — Mary Poppins a empurrou até o banheiro.

— Mas eu não *quero* ser a mais velha. Por que Michael não pode ser o mais velho às vezes?

— Porque você nasceu primeiro... Entendeu?

— Bem, eu não pedi isso. Estou cansada de ter nascido primeiro. Eu queria ficar pensando.

— Você pode pensar enquanto escova os dentes.

— Não são os mesmos pensamentos.

— Bem, ninguém quer pensar os mesmos pensamentos o tempo todo!

— Eu quero.

Mary Poppins lançou-lhe um olhar breve e ameaçador.

— Já chega, obrigada! — e pelo tom de voz Jane entendeu que ela estava falando sério.

Mary Poppins foi acordar Michael.

Jane largou a escova de dentes e sentou na beirada da banheira.

— Não é justo — resmungou ela, chutando o chão com o dedão do pé. — Tenho que fazer todas as coisas horríveis só porque sou a mais velha! Não vou escovar os dentes!

Imediatamente ela se espantou consigo mesma. Geralmente, ela gostava de ser mais velha do que Michael e os Gêmeos. Ela se sentia superior e muito mais importante. Mas hoje... Por que hoje ela estava tão irritada e rabugenta?

— Se Michael tivesse nascido primeiro eu teria tido tempo de chocar meus ovos! — resmungou, sentindo que o dia havia começado mal.

Infelizmente, em vez de melhorar, o dia só piorou.

No café da manhã, Mary Poppins descobriu que só havia cereal suficiente para três.

— Bom, Jane vai comer mingau — disse ela, arrumando os pratos e fungando aborrecida porque não gostava de fazer mingau. Sempre ficava empelotado.

— Mas por quê? — reclamou Jane. — Eu quero cereal.

Mary Poppins olhou para ela, zangada.

— Porque você é a mais velha!

Mais uma vez aquelas palavras horríveis! Ela chutou a perna da cadeira por debaixo da mesa, torcendo para ter conseguido descascar o verniz, e comeu o mingau o mais devagar que podia. Deixava o mingau na boca, fazendo-o dançar de um lado para o outro e engolindo aos pouquinhos. Eles iam ver só se ela morresse de fome! Aí todo mundo ia ficar triste!

— Que dia é hoje? — perguntou Michael todo alegre enquanto raspava o finzinho do seu cereal.

— Quarta-feira — disse Mary Poppins. — Não fure o prato, por favor!

— Então é hoje que a gente vai tomar chá com a srta. Lark!

— *Se* você for bonzinho — disse Mary Poppins muito séria, como se não acreditasse que isso fosse possível.

Mas Michael estava de bom humor e não deu bola.

— Quarta-feira! — exclamou ele, batendo a colher na mesa. — É o dia da semana em que Jane nasceu. "Na quarta-feira, quem manda é o desgosto." Deve ser por isso que ela precisa comer mingau em vez de cereal — disse ele, provocando.

Jane fez uma cara feia e chutou-o por debaixo da mesa, mas ele desviou as pernas e riu.

— "Se nasceu na segunda-feira é linda de rosto; na terça-feira, tem graça e bom gosto; na quarta-feira, quem manda é o desgosto" — ele cantou. — E isso também é verdade. Os Gêmeos têm graça e nasceram numa terça. E eu nasci numa segunda: sou lindo.

Jane riu, debochada.

— Eu sou — ele insistiu. — Escutei a sra. Brill dizer. Ela falou para a Ellen que eu era bonito que nem uma moeda de meia-coroa!

— Bom, isso não é muito bonito — disse Jane. — Além disso, seu nariz é arrebitado.

Michael olhou para ela, chateado. E novamente Jane se assustou com ela mesma. Em qualquer outra ocasião ela concordaria com ele, porque achava Michael um menino muito bonitinho. Mas agora ela estava dizendo, cruel:

— Sim, e seus dedões ficam virados para dentro. Perna torta, perna torta!

Michael avançou na direção dela.

— Já chega, vocês dois! — disse Mary Poppins, virando-se muito irritada para Jane. — E se alguém nesta casa é bonito, essa pessoa é... — ela parou e olhou com um sorriso satisfeito seu próprio reflexo no espelho.

— Quem? — quiseram saber Michael e Jane ao mesmo tempo.

— Ninguém chamado Banks! — respondeu Mary Poppins. — Então já chega!

Michael olhou para Jane como sempre olhava quando Mary Poppins fazia um daqueles seus comentários curiosos. Mas Jane, embora tivesse percebido que ele estava olhando para ela, fingiu que não tinha visto. Ela se virou e pegou sua caixa de pintura no armário de brinquedos.

— Quer brincar de trem? — perguntou Michael, tentando ser simpático.

— Não, não quero. Quero ficar sozinha.

— Olá, queridinhos, como vocês estão hoje?

A sra. Banks chegou correndo e os beijou rapidamente. Ela estava sempre tão ocupada que nunca tinha tempo para apenas andar.

— Michael, você precisa de pantufas novas: as suas estão furadas. Mary Poppins, acho que os cachinhos de John *pre-*

cisam ser cortados. Barbara, minha linda, não chupe o dedo. Jane, desça e peça à srta. Brill que não ponha cobertura no bolo de ameixa, quero sem.

Lá estavam eles mais uma vez, invadindo o seu dia! Assim que ela começava a fazer alguma coisa, eles a mandavam parar e fazer outra coisa diferente.

– Oh, mãe, preciso mesmo ir? Por que o Michael não pode ir?

A sra. Banks ficou surpresa.

– Mas eu pensei que você gostasse de ajudar! E Michael sempre esquece o recado. Além disso, você é a mais velha. Ande logo.

Ela desceu o mais devagar que podia. Estava torcendo para chegar tarde demais com o recado, e a sra. Brill já ter posto a cobertura.

E todo o tempo ela se espantava com aquele seu comportamento. Era como se tivesse outra pessoa ali dentro – alguém com a cara feia e muito mau humor, que a estava deixando zangada.

Ela deu o recado para a sra. Brill, e ficou decepcionada quando viu que tinha chegado a tempo.

– Bem, dá menos trabalho – disse a sra. Brill. – E, queridinha – prosseguiu –, você pode ir até o jardim falar para aquele Robertson que ele não afiou as facas? Minhas pernas estão doendo hoje, e eu só tenho estas.

– Não dá, estou ocupada.

Foi a vez de a sra. Brill ficar surpresa.

– Oh, seja uma boa menina, então. Mal consigo ficar em pé. Andar, nem pensar!

Jane suspirou. Por que não podiam deixá-la em paz? Ela abriu a porta da cozinha com um chute e foi andando sem pressa.

Robertson Ay estava dormindo no caminho do jardim, com a cabeça no regador. Seu cabelo escorrido subia e caía enquanto ele roncava. Era um dom de Robertson Ay: ele era capaz de dormir em qualquer lugar e a qualquer hora. Na verdade, ele preferia dormir a despertar. E, em geral, sempre que podiam, Jane e Michael impediam que ele fosse flagrado. Mas hoje era diferente. A pessoa rabugenta que estava dentro dela não dava a mínima para Robertson Ay.

– Odeio todo mundo! – disse ela, e deu um belo chute no regador.

Robertson Ay aprumou-se, assustado.

– Socorro! Assassinato! Fogo! – gritou ele, sacudindo os braços nervoso.

Então ele esfregou os olhos e viu Jane.

– Ah, é só você! – disse ele decepcionado, como se estivesse esperando alguma coisa mais emocionante.

– Você precisa ir afiar as facas agora – ordenou ela.

Robertson Ay se levantou devagar e se sacudiu.

– Ah! – disse ele com tristeza. – É sempre alguma coisa. Se não é uma coisa, é outra. Eu precisava descansar. Não tenho um minuto de paz.

– Tem sim! – disse Jane cruelmente. – Você tem paz o tempo todo. Você está sempre dormindo.

Um olhar ferido e de reprovação surgiu no rosto de Robertson Ay. Em qualquer outro momento Jane sentiria vergonha, mas hoje ela não se arrependia nem um pouco.

– Falar desse jeito! – lamentou Robertson Ay, tristonho. – E você é a mais velha e tudo. Nunca pensaria que você pudesse fazer uma coisa dessas, nem que eu ficasse pensando pelo resto da vida.

E, com um olhar triste, ele foi se arrastando lentamente para a cozinha.

Ela imaginou se algum dia ele a perdoaria. E, como se respondesse, aquela criatura soturna dentro dela disse: "Não ligo se ele não perdoar."

Ela balançou a cabeça e foi devagar para o quarto de brinquedos, passando as mãos grudentas pela parede branquinha só porque sempre tinham dito para ela não fazer isso.

Mary Poppins estava passando o espanador de pó nos móveis.

– Indo para um enterro? – perguntou quando Jane apareceu.

Jane olhou atravessado e não respondeu.

— Conheço gente que anda procurando problemas. Quem procura acha!

— Não ligo!

— O Não-ligo ligado ficou, o Não-ligo enforcado acabou — caçoou Mary Poppins, colocando o espanador de lado. — E agora... — ela olhou muito séria para Jane — agora eu vou almoçar. Você vai ficar de olho nos pequenos, e se eu escutar Uma Palavra...

Não terminou a frase, mas fungou, longa e ameaçadora, enquanto saía do quarto.

John e Barbara foram até Jane e pegaram suas mãos. Mas ela soltou seus dedos e os empurrou para longe, irritada.

— Queria ser filha única — disse, amarga.

— Por que você não foge de casa? — sugeriu Michael. — Alguém poderia adotar você.

Jane olhou para ele, assustada e surpresa.

— Mas você sentiria minha falta!

— Não, não sentiria — disse ele, determinado. — Não se você for ficar sempre desse jeito. Além disso, eu ia poder ficar com a sua caixa de pintura.

— Não ia, não — disse ela, enciumada. — Eu levaria a caixa comigo.

E, só para mostrar que a caixa de pintura era dela e não dele, ela pegou os pincéis e o caderno e espalhou pelo chão.

— Pinte o relógio — disse ele, querendo ajudar.

— Não.

— A tigela de porcelana, então.

Jane olhou para cima. Os três menininhos corriam no friso verde da tigela. Em qualquer outro momento ela teria gostado de pintá-los, mas naquele dia não queria agradar nem fazer concessões.

— Não. Vou pintar o que *eu* quiser.

E começou a fazer um retrato de si mesma, sozinha, chocando seus ovos.

Michael e John e Barbara ficaram ali, assistindo.

Jane estava tão interessada em seus ovos que quase se esqueceu do mau humor.

Michael inclinou-se para a frente.

— Por que você não coloca uma galinha bem ali?

Ele apontou para um pedaço em branco na folha, batendo com o braço em John. John se desequilibrou, caiu para o lado e sem querer chutou o copo. A água colorida se espalhou e inundou o desenho.

Jane pôs-se de pé com um grito.

— Oh, não aguento mais! Seu desastrado! Você estragou tudo!

E, avançando para Michael, deu um tranco tão violento nele que ele também se desequilibrou e desabou em cima de John. Um grito de dor e medo saiu da boca dos Gêmeos, e mais alto que os gritos vinha a voz de Michael, uivando sem parar:

— Quebrei a cabeça! O que vou fazer agora?

— Eu não ligo, eu não ligo! — berrou Jane. — Você não me deixa em paz e acabou com o meu desenho. Eu te odeio, eu te odeio, eu...!

A porta abriu.

Mary Poppins olhou aquela cena com olhos furiosos.

— O que foi que eu disse? — perguntou ela para Jane com uma voz tão calma que só piorava tudo. — Que se eu escutasse uma palavra... E agora veja o que encontro aqui! Uma festinha na casa da srta. Lark...? Acho que *não* será possível! Você não vai dar um passo para fora deste quarto hoje, de jeito nenhum.

— Eu não *queria* mesmo ir. Prefiro ficar aqui. — Jane botou as mãos para trás e ficou andando pelo quarto. Ela não se sentia nem um pouco culpada.

– Muito bem, então.

A voz de Mary Poppins era doce, mas havia algo bem assustador nela.

Jane ficou vendo Mary Poppins arrumar os outros para a festa. E, quando estavam todos prontos, Mary Poppins pegou seu melhor chapéu em uma sacola de papel pardo e o colocou na cabeça num ângulo bem elegante. Ela botou seu colar dourado no pescoço e sobre ele enrolou a echarpe xadrez vermelha e branca que a sra. Banks tinha lhe dado. Em uma das pontas estava costurada uma etiqueta branca com um enorme M.P., e Mary Poppins sorriu para si mesma no espelho ao mesmo tempo que virava a etiqueta para dentro. Então ela pegou no armário o guarda-chuva com cabo de cabeça de papagaio, enfiou-o debaixo do braço e apressou os pequenos escada abaixo.

– Agora você vai ter tempo para pensar! – falou secamente. E, fungando alto, fechou a porta.

POR UM LONGO TEMPO, Jane ficou sentada olhando para a frente. Ela tentou pensar nos seus sete ovos. Mas, de algum modo, eles já não interessavam mais.

O que eles estariam fazendo na casa da srta. Lark?, ela pensou. Brincando com os cachorros da srta. Lark, talvez, e ouvindo a srta. Lark dizer que Andrew tinha um ótimo pedigree, mas que Willoughby era metade Airedale, metade Retriever, e a pior metade dos dois. E então todos, até mesmo os cachorros, comeriam biscoitos de chocolate e bolo de nozes no chá.

— Ai, droga! — pensar em tudo o que estava perdendo, e que era por culpa sua, deixou-a ainda mais irritada.

Tique-taque! Tique-taque!, dizia o relógio em alto e bom som.

— Ora, fique quieto! — exclamou Jane furiosa e, pegando a caixa de pintura, atirou-a longe, atravessando o quarto.

Ela bateu na proteção de vidro do relógio, ganhou outra direção e caiu bem em cima da tigela de porcelana pintada.

Crrrrrrrrrrrrrraque! A tigela caiu de lado contra o relógio.

Oh! Oh! O que ela tinha feito?

Jane fechou os olhos, sem coragem de ver o resultado.

— Ei, isso doeu!

Uma voz clara, em tom de reprimenda, soou no quarto.

Com um susto, Jane abriu os olhos.

— Jane! — disse a voz outra vez. — Bem no meu joelho!

Ela virou a cabeça rapidamente. Não havia mais ninguém no quarto.

Ela correu até a porta e abriu. Ninguém!

Então alguém riu.

— Aqui, sua boba! — disse a voz. — Aqui em cima!

Ela olhou para o aparador da lareira. Ao lado do relógio estava a tigela de porcelana pintada, com uma imensa rachadura em toda a sua extensão, e, para sua surpresa, Jane viu que um dos meninos da pintura tinha largado as rédeas e estava abaixado segurando o joelho com as duas mãos. Os outros dois tinham se virado para ele e observavam, solidários.

— Mas... — começou Jane, em parte para ela mesma, em parte para a voz desconhecida. — Eu não entendo.

O menino na porcelana levantou a cabeça e sorriu para ela.

— Ah, não? Não, eu imagino que não. Vi que você e Michael muitas vezes não conseguem entender as coisas mais simples... Eles não conseguem, não é? — ele perguntou, rindo, para os irmãos.

— Não — disse um deles —, nem mesmo como deixar os Gêmeos sossegados!

— Nem o jeito certo de pintar ovos de passarinho... Ela fez ovos todos tortos — disse o outro.

— Como vocês sabem sobre os Gêmeos... e os ovos? — disse Jane, corando.

— Que gracinha! — disse o primeiro garoto. — Você não acha que a gente ficaria olhando todo esse tempo sem saber tudo que se passa neste quarto? Não conseguimos ver o quarto de dormir, é claro, nem o banheiro. Qual é a cor dos azulejos?

— Rosa.

— No nosso são brancos e azuis. Gostaria de ver?

Jane hesitou. Ela mal sabia o que responder, estava muito espantada.

— Venha! William e Everard serão os *seus* cavalos, se você quiser, e eu vou levar o chicote e correr do seu lado. Sou Valentine, caso você não saiba. Somos Trigêmeos. E, é claro, tem a Christina.

— Onde está a Christina? — Jane procurou na tigela de porcelana. Mas só viu o gramado verde e um pequeno bosque, e Valentine, William e Everard de pé, juntos.

— Venha com a gente! — disse Valentine persuasivamente, estendendo a mão. — Por que só os outros podem se divertir? Venha com a gente. Para dentro da tigela!

Isso a fez se decidir. Ela mostraria a Michael que ele e os Gêmeos não eram os únicos que podiam ir a uma festa. Ela os deixaria com ciúme e remorso por tratá-la tão mal.

— Tudo bem — disse ela, estendendo a mão. — Eu vou!

Valentine pegou-a pela cintura e a puxou para dentro da tigela de porcelana. E, de repente, ela já não estava no frio do quarto de brinquedos, mas em uma campina vasta e ensolarada, e em vez do carpete surrado do quarto, havia grama verde e margaridas sob seus pés.

— Eba! — disseram Valentine, William e Everard, dançando em volta dela. Ela notou que Valentine estava mancando.

– Oh! – disse Jane. – Tinha esquecido! Seu joelho!

Ele sorriu para ela.

– Não se preocupe. Foi a rachadura que fez isso. Eu sei que você não queria me machucar.

Jane pegou seu lenço e enrolou no joelho dele.

– Assim ficou melhor! – ele falou, educado, e deu as rédeas na mão dela.

William e Everard, jogando a cabeça para trás e bufando como cavalos, dispararam pela campina com Jane sacudindo as rédeas atrás deles.

Ao seu lado, com um pé pesado e o outro leve, por causa do joelho, corria Valentine.

Enquanto corria, ele cantava:

– Ó amor meu, buquê de doces flores,
Tu és a mais doce que já conheci;
Alegre, prendo-te à minha lapela,
E meu carinho eu dedico a ti.

As vozes de William e Everard vieram em coro:

– Meu cariiiiiiiiiinho, eu dedico a tiiiiiiiiii.

Jane achou aquela música um pouco antiquada demais, mas tudo nos Trigêmeos era antigo: os cabelos compridos, as roupas estranhas e o modo todo educado de falar.

"É *tão* estranho!", pensou ela consigo mesma, mas pensou também que aquilo era melhor do que estar na casa da srta. Lark, e que Michael ficaria morto de inveja quando ela contasse o que tinha acontecido.

Os cavalos seguiram correndo, puxando Jane em seu encalço, levando-a para cada vez mais longe do quarto.

Então ela parou, sem fôlego, e olhou para trás, vendo o rastro que tinham deixado no caminho. Atrás de si, do outro lado da campina, ela podia ver o friso da tigela. Parecia pequeno e muito distante. E algo dentro de Jane alertou que era hora de voltar.

– Preciso ir embora agora – disse ela, soltando as rédeas.

– Oh, não, não! – exclamaram os Trigêmeos, cercando-a.

Agora alguma coisa nas suas vozes a estava deixando inquieta. – Vão sentir minha falta em casa. Acho que preciso voltar – justificou-se ela, depressa.

– Ainda está cedo! – protestou Valentine. – Eles ainda estão na casa da srta. Lark. Venha. Eu vou te mostrar minha caixa de pintura.

Jane ficou tentada.

– Você tem branco de zinco? – perguntou ela. Pois branco de zinco era a única cor que faltava na sua caixa.

– Sim, em um tubo prateado. Vamos!

Contra sua vontade, Jane deixou-se levar. Ela pensou em dar só uma olhada na caixa de pintura e então voltar correndo. Nem ia pedir para usar.

— Mas onde fica a casa de vocês? Não é na tigela de porcelana!

— Claro que é! Mas você não consegue ver porque fica atrás do bosque. Vamos!

Eles a levavam por debaixo dos galhos escuros das árvores. As folhas secas estalavam sob seus pés, e de vez em quando um pombo saltava de um galho para outro batendo as asas bem forte. William mostrou para Jane um ninho de tordo numa pilha de gravetos, e Everard pegou um ramo de folhas e arrumou na cabeça dela, fazendo uma grinalda. Mas mesmo com toda aquela gentileza Jane estava insegura e aflita, e ficou muito feliz quando eles chegaram ao fim do bosque.

— Aqui está! — disse Valentine, agitando a mão.

Jane então viu, bem na sua frente, uma enorme casa de pedra coberta de hera. Era mais velha do que qualquer casa que ela já tinha visto, e parecia se inclinar em sua direção de um jeito bastante ameaçador. De cada um dos lados havia um leão de pedra agachado, como se esperasse o momento de saltar.

Jane tremeu quando a sombra da casa a cobriu.

— Não posso ficar muito tempo... — disse, apreensiva. — Está ficando tarde.

— Só cinco minutos! — pediu Valentine, levando-a para o saguão de entrada.

Seus pés tocaram o chão de pedra com um som oco. Não havia nenhum sinal de vida. Exceto por ela e os Trigêmeos, a casa parecia deserta. Um vento gelado assoviou pelo corredor.

— Christina! Christina! — chamou Valentine, puxando Jane pelas escadas. — Ela está aqui!

Aquele grito ecoou por toda a casa, e cada parede parecia responder assustadoramente:

— ELA ESTÁ AQUI!

Então ela ouviu o som de pés correndo, e uma porta se abriu. Uma garotinha, um pouco mais alta que os Trigêmeos e com um vestido florido, à moda antiga, entrou aos pulos e se jogou em cima de Jane.

— Até que enfim! Até que enfim! — ela gritava. — Os meninos observam você há séculos! Mas eles não conseguiram te pegar antes. Você estava sempre tão feliz!

— Me pegar? — disse Jane. — Não estou entendendo!

Ela estava começando a ficar com medo e a desejar nunca ter ido com Valentine para dentro da tigela de porcelana.

— Meu bisavô vai explicar — disse Christina, rindo de um jeito estranho. Ela levou Jane para dentro.

— He! He! He! O que é isso? — quis saber uma vozinha fina e falhada.

O que Jane viu a fez recuar e trombar em Christina. Lá longe, no fundo da sala, numa cadeira perto do fogo, estava uma figura que a encheu de terror. A chama dançava iluminando um homem muito velho, tão velho que parecia mais uma sombra que um ser humano. De sua boca fina espalhava-se uma barba rala e grisalha, e, embora ele estivesse de gorro, Jane podia ver que ele era careca como um ovo. Ele estava usando um roupão comprido e antigo de seda puída, e um par de chinelos bordados nos pés magros.

— Então! — disse a criatura sombria, tirando um cachimbo curvo e comprido da boca. — Jane finalmente chegou!

Ele se levantou e foi para perto dela, sorrindo de um jeito assustador. Os olhos pareciam queimar, brilhando afiados nas órbitas.

— Espero que você tenha feito uma boa viagem, minha querida! — ele crocitou. E, puxando Jane para perto com a mão ossuda, deu um beijo no rosto dela. Quando sentiu aquela barba grisalha na sua bochecha, Jane deu um pulo para trás e gritou.

— He! He! He! — ele riu aquela risada alta, assustadora.

— Ela veio com os meninos pelo bosque, biso — disse Christina.

— Ah! E como eles a pegaram?

— Ela estava irritada por ser a mais velha. Aí ela atirou a caixa de pintura na tigela de porcelana e rachou o joelho do Val.

– Ah! – assoviou a horrível voz. – Foi mau humor, não é? Bem, bem... – ele deu uma risada fininha –, agora você vai ser a mais nova, minha querida! Minha bisneta mais nova. Mas eu não quero ataques de mau humor por aqui. He! He! He! Não mesmo. Bem, venha aqui e sente perto do fogo. Você prefere chá ou vinho de cereja?

– Não! Não! – Jane explodiu. – Acho que houve algum engano. Eu preciso ir para casa. Moro no Número Dezessete da Cherry Tree Lane.

– Morava, você quer dizer – corrigiu Val, triunfante. – Agora você mora aqui.

– Mas você não está entendendo! – disse Jane, desesperada. – Eu não quero morar aqui. Eu quero voltar para casa!

– Bobagem – crocitou o Bisavô. O Número Dezessete é um lugar horrível, ruim, sufocante e moderno. Além disso, você não é feliz lá. He! He! He! Eu sei bem como é ser o mais velho: todo o trabalho e nenhuma diversão. He! He! Mas aqui – ele sacudiu o cachimbo –, aqui você será a Mimadinha, a Queridinha, o Tesouro, e nunca mais vai voltar para lá!

– Nunca mais! – ecoaram William e Everard, dançando em volta dela.

– Oh, mas eu preciso voltar. Eu vou voltar! – gritou Jane, com os olhos cheios de lágrimas.

O Bisavô sorriu seu tenebroso sorriso desdentado.

— Acha que vamos deixar você ir? — ele perguntou, com os olhos brilhantes ardendo. — Você quebrou a nossa tigela de porcelana. Você precisa lidar com as consequências. Christina, Valentine, William e Everard querem que você seja a irmã mais nova deles. Eu quero que você seja minha bisneta mais nova. Além disso, você está em dívida conosco. Você machucou o joelho do Valentine.

— Eu vou compensar isso. Posso dar minha caixa de pintura para ele.

— Ele já tem uma.

— O meu bambolê, então.

— Ele não tem mais idade para brincar disso.

— Bem... — gaguejou Jane. — Posso me casar com ele quando crescer.

O Bisavô deu uma gargalhada.

Jane olhou para Valentine, pedindo ajuda. Ele balançou a cabeça.

— Acho que é tarde demais — lamentou ele. — Já cresci há muito tempo.

— Então por quê, o quê...? Oh, não estou entendendo nada. Onde eu estou? — exclamou Jane, olhando em volta apavorada.

— Longe de casa, minha menina, longe de casa — crocitou o Bisavô. — Você voltou no tempo, para o passado: para quando Christina e os meninos eram crianças, há sessenta anos!

– Acha que vamos deixar você ir? – ele perguntou.

Por entre as lágrimas Jane viu os olhos do velho ardendo em fúria.

— Então... como posso ir para casa? — sussurrou ela.

— Você não pode. Você vai ficar aqui. Não existe outro lugar para você. Você voltou para o Passado, lembre-se! Os Gêmeos e Michael, até mesmo seu Pai e sua Mãe, ainda não nasceram. O Número Dezessete nem sequer foi construído. Você não tem como voltar para casa!

— Não, não! — exclamou Jane. — Isso não é verdade, não pode ser!

Seu coração estava aos pulos. Nunca mais veria Michael, nem os Gêmeos, nem sua Mãe e seu Pai e Mary Poppins! E de repente ela começou a gritar, tão alto que sua voz ecoou desesperada pelos corredores de pedra.

— Mary Poppins! Me desculpe por ter sido tão malcriada! Oh, Mary Poppins, me ajude, me ajude!

— Rápido! Prendam-na! Cerquem-na!

Ela ouviu a ordem implacável do Bisavô. Sentiu as quatro crianças se aproximando dela. Fechou os olhos com força.

— Mary Poppins! — ela gritou mais uma vez. — Mary Poppins!

Uma mão segurou a sua e a puxou dos braços de Christina, Valentine, William e Everard, que a prendiam.

— He! He! He!

A risada sinistra do Bisavô ecoou pela sala. Sua mão foi apertada com mais força, e ela sentiu que estava sendo arrastada para longe. Não se atreveu a olhar, de tanto medo daqueles olhos assustadores, mas resistiu violentamente ao puxão.

– He! He! He!

A risada soou outra vez, e a mão continuava a arrastá-la pelas escadas de pedra e corredores de eco.

Jane havia perdido as esperanças. Atrás dela, as vozes de Christina e dos Trigêmeos iam ficando cada vez mais fracas. Eles não iriam ajudá-la.

Ela ia tropeçando desesperadamente atrás daqueles passos velozes, e sentia, mesmo de olhos fechados, sombras escuras acima de sua cabeça e a terra úmida sob os pés.

O que estava acontecendo com ela? Aonde, aonde ela estava indo? Se ela não tivesse sido tão difícil... ai, se não tivesse!

A mão forte continuava puxando, e então ela sentiu o calor da luz do sol no rosto e a grama arranhou suas pernas. E aí, de repente, um par de braços fechou-se em volta dela como uma corrente, levantou-a e a balançou no ar.

— Oh, socorro, socorro! — ela chorava desesperada, contorcendo-se e lutando contra aqueles braços. Ela não ia se render facilmente, ela ia chutar, chutar, chutar e...

— Agradecerei se você lembrar — disse uma voz familiar em seu ouvido — que esta é a minha melhor saia e precisa durar o verão inteiro!

Jane abriu os olhos. Dois intensos olhos azuis olhavam diretamente os seus. Aqueles braços que a apertavam tão forte eram os de Mary Poppins, e as pernas que ela chutava com tanta fúria eram as pernas de Mary Poppins.

— Oh! — ela tremeu. — Era *você*! Pensei que você não tivesse me escutado, Mary Poppins! Pensei que eu ficaria lá para sempre. Eu pensei...

— Algumas pessoas pensam um pouco demais — observou Mary Poppins, colocando-a no chão. — Disso eu tenho certeza. Enxugue o rosto, por favor!

Ela enfiou seu lenço azul na mão de Jane e começou a arrumar o quarto para a noite.

Jane ficou observando Mary Poppins enquanto secava o rosto no lenço grande e azul. Olhou ao redor do quarto tão conhecido. Lá estavam o carpete puído e o armário de brinquedos e a cadeira de Mary Poppins. Ao ver tudo aquilo, ela se sentiu segura e acolhida e confortável. Ficou ouvindo aqueles sons familiares enquanto Mary Poppins trabalhava, e seu medo passou. Uma onda de felicidade a inundou.

"Não era eu mesma que estava irritada daquele jeito", pensou. "Devia ser outra pessoa."

Mary Poppins foi até uma gaveta e pegou camisolas limpas para os Gêmeos.

Jane correu até ela.

— Posso levá-las para perto da lareira?

Mary Poppins fungou.

— Não precisa se preocupar, obrigada. Você está muito atarefada, tenho certeza! Vou pedir para o Michael me ajudar quando ele subir.

Jane corou.

— Por favor, me deixe fazer isso — pediu. — Gosto de ajudar. Além disso, sou a mais velha.

Mary Poppins pôs as mãos nos quadris e olhou para Jane, pensativa, por um instante.

— Humpf! — fez ela, por fim. — Não deixe queimar, então! Já tenho muitos buracos para remendar.

E entregou as camisolas para Jane.

— Mas isso não pode ter acontecido *de verdade*! — duvidou Michael quando escutou a aventura de Jane um pouco mais tarde. — Você é grande demais para caber na tigela.

Ela pensou um pouco. De algum modo, enquanto contava a história, aquilo parecia mesmo impossível.

— Imagino que não — admitiu ela. — Mas pareceu muito real na hora.

— Acho que você só pensou. Você está sempre pensando coisas — ele se sentia muito superior porque ele próprio nunca pensava.

— Vocês dois e seus pensamentos! — ralhou Mary Poppins, afastando-os enquanto colocava os Gêmeos em suas caminhas. — E agora talvez eu possa ter um minutinho para mim mesma — disparou, quando John e Barbara estavam devidamente cobertos.

Ela tirou os alfinetes do chapéu e guardou-o de volta na sacola de papel. Abriu o colar e colocou-o cuidadosamente em uma gaveta. Em seguida, tirou o casaco, sacudiu e pendurou num gancho atrás da porta.

— Onde está a sua echarpe nova? — Jane perguntou. — Você perdeu?

— Não pode ter perdido — disse Michael. — Estava com ela quando chegamos em casa. Eu vi.

Mary Poppins se virou para eles.

— Façam o favor de cuidar de suas vidas — retrucou ela — e me deixarem cuidar da minha!

— Eu só queria ajudar... — começou Jane.

— Eu posso tomar conta de mim mesma, obrigada! — falou Mary Poppins, fungando.

Jane virou-se para trocar olhares com Michael. Mas dessa vez foi ele quem não deu bola. Estava olhando para o aparador da lareira sem acreditar no que via.

— O que foi, Michael?

— Não foi só uma coisa que pensou, afinal! — ele sussurrou, apontando.

Jane olhou para a prateleira. Lá estava a tigela de porcelana pintada com a rachadura de um lado até o outro. Lá estavam o gramado e o bosque. E lá estavam os três meninos brincando de cavalinho, dois na frente e um correndo atrás com o chicote.

Mas, na perna do condutor, agora havia um pequeno lenço branco amarrado e, largado na grama, como se alguém a tivesse deixado cair enquanto corria, havia uma echarpe xadrez branca e vermelha. Numa das pontas, via-se costurada uma etiqueta grande e branca com as iniciais... M.P.

— Então foi lá que ela perdeu! — disse Michael, balançando a cabeça. — Devemos contar para ela que encontramos?

Jane olhou ao redor. Mary Poppins estava abotoando o avental, com um ar de quem tinha sido insultada pelo mundo inteiro.

— Melhor não — Jane falou baixinho. — Acho que ela sabe.

Por um instante, Jane ficou ali, olhando para a tigela quebrada, o lenço amarrado e a echarpe.

Então, num impulso, atravessou o quarto e lançou-se sobre aquela figura branca e engomada.

— Oh! — exclamou. — Oh, Mary Poppins! Eu nunca mais vou ser tão malcriada!

Um sorriso brilhou de leve nos cantos da boca de Mary Poppins enquanto ela alisava os vincos do avental.

— Humpf! — foi tudo o que ela disse...

4. Topsy e Turvy de pernas para o ar

—Fiquem perto de mim, por favor! — pediu Mary Poppins saltando do ônibus e abrindo o guarda-chuva, pois chovia forte.

Jane e Michael pularam correndo atrás dela.

— Se eu ficar muito perto, as gotas do seu guarda-chuva pingam no meu pescoço — queixou-se Michael.

— Não me culpe, então, se você se perder e tiver que pedir ajuda a um guarda! — rebateu Mary Poppins desviando elegantemente de uma poça.

Ela parou diante da farmácia da esquina para se ver refletida nas três enormes garrafas que estavam na vitrine. Via uma Mary Poppins verde, uma Mary Poppins azul e uma Mary Poppins vermelha, as três de uma vez. E cada uma delas estava carregando uma bolsa de couro novinha com botões de latão.

Mary Poppins admirava a si mesma nas três garrafas e sorria um sorriso bastante feliz e satisfeito. Passou algum tempo mudando a bolsa da mão direita para a mão esquerda, experimentando-a em todas as posições possíveis para ver como ficava melhor. Então decidiu que, ao fim e ao cabo, a melhor opção era usar a bolsa enfiada debaixo do braço. E, assim, deixou-a ali.

Jane e Michael permaneceram ao seu lado, sem ousar dizer o que quer que fosse, apenas trocando olhares e suspirando para si mesmos. E, de duas pontas do guarda-chuva com cabo de cabeça de papagaio, os pingos caíam desconfortavelmente em seus pescoços.

— Vamos, não me façam esperar! — disse Mary Poppins agastada, dando as costas aos seus reflexos verde, azul e vermelho. Jane e Michael se entreolharam. Jane fez um sinal para Michael ficar quieto. Balançou a cabeça e fez uma cara séria. Mas ele não se segurou:

— Nós não fizemos. Foi você quem fez a gente esperar...!

— Silêncio!

Michael não ousou dizer mais uma palavra. Ele e Jane foram se arrastando, cada um de um lado de Mary Poppins. Por vezes, tinham que correr um pouco para acompanhar suas passadas largas e rápidas. Outras vezes tinham que esperar, parados ora sobre uma perna, ora sobre a outra, enquanto ela se admirava em uma vitrine para se certificar de que a bolsa estava parecendo tão bonita quanto ela imaginava.

A chuva caía, descendo pelo guarda-chuva para os chapéus de Jane e Michael. Debaixo do braço Jane carregava a

tigela de porcelana pintada, cuidadosamente embrulhada em dois pedaços de papel. Eles estavam levando a peça para o primo de Mary Poppins, o sr. Turvy, cujo trabalho, segundo ela dissera para a sra. Banks, era consertar coisas.

— Bem — a sra. Banks dissera, um pouco desconfiada —, espero que ele faça um bom trabalho, porque até estar consertado não vou conseguir olhar minha tia-avó Caroline nos olhos.

A tia-avó Caroline tinha dado a tigela de porcelana de presente para a sra. Banks quando a sra. Banks tinha apenas três anos, e era bem sabido que, se ela quebrasse, a tia-avó Caroline faria uma de suas famosas cenas.

— Os membros da *minha* família *sempre* fazem um bom trabalho, senhora — Mary Poppins respondeu, respirando fundo.

Ela tinha ficado tão indignada que a sra. Banks se sentiu um bocado desconfortável e precisou se sentar e pedir uma xícara de chá.

Splash!

Lá estava Jane, bem no meio de uma poça.

— Olhe por onde anda, por favor! — ralhou Mary Poppins, sacudindo o guarda-chuva e derrubando mais pingos em Jane e Michael. — Essa chuva é capaz de partir seu coração.

— Se partir, o sr. Turvy conserta? — perguntou Michael. Ele queria saber se o sr. Turvy podia consertar tudo ou apenas algumas coisas. — Ele conserta, Mary Poppins?

— Mais uma palavra — avisou Mary Poppins — e para casa você vai!

— Eu só perguntei — disse Michael, aborrecido.

— Então não pergunte!

Mary Poppins, com uma fungada impaciente, virou elegantemente a esquina e, depois de abrir um velho portão de ferro, bateu na porta de uma pequena casa decadente.

— Tap-tatap-tap! — o som das batidas ecoou.

— Ai, droga! — Jane sussurrou para Michael. — Vai ser horrível se ele não estiver em casa!

Naquele instante, porém, ouviram passos pesados vindo em direção à porta, que abriu com um forte rangido.

Surgiu uma mulher redonda, de rosto vermelho, que mais parecia duas maçãs colocadas uma em cima da outra. Seu cabelo liso estava enrolado num coque, e sua boca fina tinha uma expressão rabugenta.

— Veja só! — disse ela. — É mesmo você!

Ela não parecia particularmente feliz em ver Mary Poppins. Nem Mary Poppins parecia particularmente feliz em vê-la.

— O sr. Turvy está? — perguntou, como se não tivesse ouvido aquele comentário.

— Bem — disse a mulher redonda, com um tom de voz nada amigável —, não tenho certeza. Pode estar como pode não estar. Tudo depende do ponto de vista.

Mary Poppins entrou pela porta e olhou ao redor.

— Aquele é o chapéu dele, não é? — perguntou, apontando para um velho chapéu de feltro pendurado na entrada.

— Sim, é, claro... de certa forma — a mulher redonda admitiu de má vontade.

— Então ele está — disse Mary Poppins. — Nenhum membro da *minha* família sai sem chapéu. Todos são muito respeitáveis.

– Bem, tudo o que posso dizer é o que ele me falou hoje pela manhã – respondeu a mulher redonda. – "Srta. Tartlet", ele disse, "eu posso estar ou não em casa hoje à tarde. É impossível saber." Foram as palavras dele. Mas é melhor você subir e ver por si mesma. Não sou alpinista.

A mulher redonda olhou para o próprio corpo redondo e fez que não com a cabeça. Jane e Michael podiam facilmente entender que uma pessoa daquele tamanho e formato não ia gostar de ficar subindo e descendo as escadas estreitas e frágeis da casa do sr. Turvy.

Mary Poppins deu uma fungadela.

– Sigam-me, por favor! – lançou para Jane e Michael, que correram atrás dela pelas escadas que rangiam.

A srta. Tartlet ficou parada onde estava, observando-os com um sorriso convencido.

No patamar superior, Mary Poppins bateu na porta com a ponta do guarda-chuva. Não houve resposta. Então ela bateu mais uma vez, e mais forte. Ninguém respondeu.

– Primo Arthur! – ela chamou pelo buraco da fechadura. – Primo Arthur, você está aí dentro?

– Não, estou fora! – uma voz distante respondeu do outro lado.

– Como ele pode estar fora? Estou ouvindo ele falar! – Michael sussurrou para Jane.

– Primo Arthur! – Mary Poppins sacudiu a maçaneta. – Eu sei que você está aí.

— Não, não, não estou — a voz distante respondeu. — Eu saí, é verdade. É a segunda segunda-feira!

— Oh, céus! Eu tinha me esquecido! — exclamou Mary Poppins, que, com um movimento irritado, girou a maçaneta e escancarou a porta.

De início, tudo o que Jane e Michael puderam ver foi um quarto enorme e bastante vazio, exceto por uma bancada de trabalho em um dos cantos. Empilhada sobre ela havia uma curiosa coleção de objetos: cães de porcelana sem o nariz, cavalos de madeira que tinham perdido o rabo, pratos lascados, bonecas quebradas, facas sem o cabo, bancos com apenas duas pernas — todas as coisas do mundo, aparentemente, que pudessem precisar de conserto.

Pelas paredes subiam prateleiras que iam do chão ao teto e estas, também, estavam cheias de louça rachada, vidro quebrado e brinquedos destruídos.

Mas não havia qualquer sinal de um ser humano.

— Oh — disse Jane, desapontada —, então ele saiu mesmo!

Mas Mary Poppins disparara até a janela.

— Venha já, Arthur! Ficar assim na chuva! E você, que teve bronquite no inverno retrasado!

E, para sua surpresa, Jane e Michael viram Mary Poppins agarrar uma perna comprida que estava pendurada no parapeito da janela e puxar do ar para dentro um homem alto, magro e de aspecto triste, com um longo bigode cobrindo a boca.

— Você devia ter vergonha — disse Mary Poppins irritada, segurando firme o sr. Turvy com uma das mãos, enquanto fechava a janela com a outra. — Trouxemos um trabalho importante e aqui está você, se comportando assim!

— Bem, eu não consigo evitar — respondeu o sr. Turvy em tom de desculpas, enquanto enxugava os olhos tristes com um enorme lenço. — Eu disse que era a segunda segunda-feira.

— O que isso significa? — quis saber Michael, olhando para o sr. Turvy com interesse.

— Ah — disse o sr. Turvy, virando-se para ele e o cumprimentando com um aperto de mão fraquinho —, que gentileza a sua perguntar. Muito gentil, de verdade.

Ele parou para enxugar os olhos novamente.

— Veja — prosseguiu —, é assim: na segunda segunda-feira do mês tudo dá errado para mim.

— Que tipo de coisa? — quis saber Jane, lamentando muito pelo sr. Turvy, mas ao mesmo tempo bastante curiosa.

— Veja o dia de hoje, por exemplo — explicou o sr. Turvy. — Acontece de ser a segunda segunda-feira do mês. E porque eu quero ficar em casa, já que tenho muita coisa para fazer, automaticamente vou para fora. E se eu quisesse sair, pois bem, acabaria ficando aqui dentro.

— Acho que entendi — disse Jane, embora achasse muito difícil de entender.

— Então é por isso que...?

— Sim — o sr. Turvy assentiu. — Escutei vocês subindo as escadas, e quis muito ficar aqui. Então, é claro, assim que isso aconteceu, eis que eu estava... do lado de fora! E eu continuaria lá se Mary Poppins não tivesse me segurado.

Ele suspirou bem fundo.

— É claro que não é assim o tempo todo. Apenas entre as três e as seis horas. Mas ainda assim pode ser bem difícil.

— Sem dúvida — disse Jane, compreensiva.

— E não é só isso de dentro e fora... — o sr. Turvy retomou, triste. — São outras coisas também. Se eu tento subir as escadas, logo vejo que estou descendo. Eu só preciso virar à direita, mas acabo indo para a esquerda. E eu nunca vou para o oeste sem imediatamente me dar conta de que estou seguindo para o leste.

O sr. Turvy assoou o nariz.

— E o pior de tudo — prosseguiu ele, enquanto seus olhos se enchiam de lágrimas mais uma vez — é que toda a minha natureza também muda. Olhando para mim nesse estado vocês nem acreditam que eu sou uma pessoa na verdade bastante feliz e satisfeita... acreditam?

E de fato o sr. Turvy mostrava-se tão melancólico e nervoso que era impossível imaginar que ele podia ficar animado e alegre alguma vez na vida.

— Mas por quê? Por quê? — quis saber Michael, olhando bem para ele.

O sr. Turvy balançou a cabeça com tristeza.

– Ah! – disse ele solenemente. – Eu devia ter sido uma menina.

Jane e Michael olharam para ele e então um para o outro. O que ele *queria* dizer com isso?

– Vejam – o sr. Turvy explicou –, minha mãe queria uma filha e aconteceu, quando eu vim ao mundo, de eu ser um menino. Então está tudo errado desde o começo... digamos que desde o dia em que nasci. E aquela era a segunda segunda-feira do mês.

O sr. Turvy começou a chorar de novo, soluçando baixinho sob o lenço.

Jane deu tapinhas em sua mão para animá-lo.

Ele pareceu gostar, embora não tenha sorrido.

– E, é claro, tudo isso é muito ruim para o meu trabalho. Vejam só!

Ele apontou para uma das prateleiras grandes, onde estava uma pilha de corações de diferentes cores e tamanhos, cada um deles rachado ou lascado ou totalmente quebrado.

– Esses aí – disse o sr. Turvy – são pedidos urgentes. Vocês não sabem como as pessoas ficam furiosas se não mando logo seus corações de volta. Fazem mais reboliço por causa deles do que por qualquer outra coisa. E eu não ousaria tocar neles antes das seis horas. Eles ficariam destruídos... como aquelas coisas!

Com a cabeça, ele apontou para outra prateleira. Jane e Michael olharam e viram que ela estava cheia de objetos que pareciam ter sido consertados do jeito errado. Uma pastorinha de porcelana fora separada de seu pastorzinho de porcelana, e seus braços estavam colados no pescoço de um leão de lata; um marinheiro de brinquedo que alguém tirara de seu barco estava firmemente grudado num prato com desenhos de salgueiros-chorões; e no barco, com sua tromba enroscada em torno do mastro e fixada ali com esparadrapo, havia um elefante cinza de flanela. Pires quebrados estavam remendados com os padrões descasados, e a perna de um cavalo de madeira estava bem colada numa caneca de prata de batismo.

— Estão vendo? — mostrou o sr. Turvy, desolado.

Jane e Michael balançaram a cabeça. Eles sentiam muito, muito mesmo, pelo sr. Turvy.

— Bem, isso não importa agora — Mary Poppins interrompeu, impaciente. — O importante é a tigela de porcelana. Nós trouxemos para você consertar.

Ela pegou a tigela, que estava com Jane, e, ainda segurando o sr. Turvy com uma das mãos, desfez o pacote com a outra.

— Hum — disse o sr. Turvy. — Porcelana fina. Que rachadura! Parece que alguém acertou alguma coisa nela.

Jane ficou vermelha quando ouviu aquelas palavras.

– Bem, se fosse qualquer outro dia eu poderia consertar. Mas hoje... – ele hesitou.

– Que bobagem, é tão simples. É só colocar um rebite aqui... e aqui... e aqui! – Mary Poppins apontou a rachadura e, nisso, soltou a mão do sr. Turvy.

Imediatamente ele saiu girando pelo ar, piruetando como um cata-vento.

– Oh! – lamentou-se o sr. Turvy. – Por que você me soltou? Pobre de mim, vou sair outra vez!

– Rápido, fechem a porta! – exclamou Mary Poppins. E Jane e Michael correram pelo quarto e fecharam a porta antes que o sr. Turvy chegasse até lá. Ele bateu contra a porta e ricocheteou de volta, girando graciosamente pelo ar com uma expressão muito triste no rosto. De repente, parou numa posição engraçada: em vez de estar de pé, ele parou de pernas para o ar, apoiado na própria cabeça.

– Puxa! Puxa! – exclamou o sr. Turvy, dando fortes chutes no ar. – Oh, puxa!

Mas seus pés não desciam para o chão. Continuavam pairando gentilmente no ar.

– Bem – disse o sr. Turvy com melancolia. – Imagino que eu deva ficar feliz por não ser algo pior. É decerto melhor, embora não *muito* melhor, do que ficar pendurado lá fora na chuva sem ter onde sentar, e sem capa. Vejam – ele

olhou para Jane e Michael –, eu quero tanto ficar em pé que estou de cabeça para baixo. Bem, bem, não importa. Eu preciso me acostumar com isso. Vivo assim há quarenta e cinco anos. Passem a tigela para cá.

Michael correu e pegou a tigela com Mary Poppins, e colocou-a no chão perto da cabeça do sr. Turvy. E então ele sentiu uma coisa muito estranha acontecendo. O chão parecia empurrar seus pés para cima e virá-los para o ar.

– Oh! – exclamou ele. – Estou me sentindo tão esquisito. Alguma coisa muito incrível está acontecendo comigo!

Pois, naquele instante, ele também girava feito um cata-vento, e voou para cima e para baixo pelo quarto até aterrissar de ponta-cabeça do lado do sr. Turvy.

– Macacos me mordam! – disse o sr. Turvy surpreso, olhando para Michael de canto de olho. – Eu nunca pensei que fosse contagioso. Você também? Bem, de todos os... Ei! Ei! Fique quieto! Assim você vai derrubar tudo no chão, e eu vou ter que pagar pelos danos. O que *você* está fazendo?

Agora ele estava falando com Jane, cujos pés tinham de repente saltado do tapete e estavam girando descontrolados no ar. Ela foi rodando e rodando – primeiro a cabeça, e então os pés –, até que por fim pousou do outro lado do sr. Turvy, também de cabeça para baixo.

– Sabe – disse o sr. Turvy, olhando para ela, bastante sério. – Tudo isso é muito estranho. Eu nunca imaginei que pudesse acontecer com qualquer outra pessoa. Juro, nunca pensei. Espero que vocês não se importem.

Jane riu, voltando-se para ele e balançando as pernas no ar.

– Nem um pouco, obrigada. Eu sempre quis ficar de ponta-cabeça e nunca tinha conseguido. É muito confortável.

— Hm — disse o sr. Turvy, choroso. — Fico feliz em saber que alguém está gostando. Não posso dizer que *eu* sinto o mesmo.

— Eu posso — falou Michael. — Acho que poderia ficar assim a vida toda. Tudo parece tão bom e diferente.

E, realmente, tudo *estava* diferente. Daquela estranha posição, Jane e Michael podiam ver que os objetos na bancada estavam todos de cabeça para baixo: os cachorros de porcelana, as bonecas quebradas, os bancos de madeira, todos de ponta-cabeça.

— Olhe! — Jane sussurrou para Michael. Ele se virou o quanto pôde. E dali, de um buraco no rodapé, saiu um ratinho. Dando uma cambalhota, ele caiu no meio do quarto e, virando de cabeça para baixo, equilibrou-se no nariz bem diante deles três.

Eles ficaram olhando, muito surpresos. Michael, então, disse de repente:

— Jane, olhe pela janela!

Ela virou a cabeça com cuidado, pois era um movimento difícil, e viu que, para a sua surpresa, todas as coisas do lado de fora do quarto, assim como tudo do lado de dentro, estavam diferentes. Na rua, as casas estavam de ponta-cabeça, com as chaminés na calçada e as portas de entrada no ar, e das portas de entrada saíam pequenos anéis de fumaça. À distância, uma igreja, feito uma tartaruga virada sobre o casco, equilibrava-se com dificuldade na ponta da torre. E a chuva, que sempre lhes parecera vir do céu, caía torrencialmente para cima, saindo da terra.

— Oh! — exclamou Jane. — Tudo isso é estranho de um jeito tão bonito! É como estar em outro mundo. Estou tão feliz por termos vindo aqui hoje!

— Bem — lamentou o sr. Turvy —, você é mesmo muito gentil. Você sabe ser tolerante. Agora, e essa tigela de porcelana?

Ele estendeu a mão para pegá-la, mas bem naquele momento a tigela deu um pulinho e virou de ponta-cabeça. Foi um movimento tão rápido e tão engraçado que Jane e Michael não conseguiram conter o riso.

— Para mim isso não é nada engraçado — disse o sr. Turvy desolado —, garanto. Eu vou colocar os rebites ao contrário, e se ficarem aparecendo, que fiquem. Não vai dar para fazer de outra forma.

E, tirando as ferramentas do bolso, ele consertou a tigela, choramingando baixinho enquanto trabalhava.

— Humpf! — disse Mary Poppins, abaixando-se para pegá-la. — Bem, está feito. Vamos embora.

Então o sr. Turvy começou a soluçar de dar dó.

— Isso mesmo, me deixem aqui! — ele disse, amargo. — Não fiquem comigo, nem me ajudem a esquecer essa tristeza. Não estendam uma mão amiga. Não sou digno disso.

Tive a esperança de que vocês me dariam a honra de ficar um pouco e tomar um chá comigo. Tem bolo de ameixa em lata ali na prateleira de cima. Mas eu não tinha o direito de esperar uma coisa dessas. Vocês têm suas próprias vidas, e eu não pediria para ficarem e alegrarem a minha. Não é o meu dia de sorte...

Ele escarafunchou o bolso em busca do lenço.

– Bem... – disse Mary Poppins, parando de abotoar as luvas.

– Oh, fique, Mary Poppins, fique! – exclamaram juntos Michael e Jane, dançando ansiosos sobre suas próprias cabeças.

– Você pode pegar o bolo se subir numa cadeira! – disse Jane, prestativa.

O sr. Turvy riu pela primeira vez. Foi um riso melancólico, mas ainda assim *foi* um riso.

– *Ela* não precisa de cadeira – disse ele, com uma risadinha ressentida. – Ela sempre consegue o que quer e do modo que quer... *ela* consegue.

E nesse instante, diante dos olhos embasbacados das crianças, Mary Poppins fez uma coisa curiosa. Ela se levantou na ponta dos pés e parou de leve, até sentir que estava bem equilibrada. E então, muito lentamente, e da forma mais elegante, deu sete piruetas pelo ar. E assim, com a saia delicadamente presa nos tornozelos e o chapéu preso firme na cabeça, ela foi rodopiando até a prateleira mais alta, pegou o bolo e desceu girando até pousar primorosamente sobre a própria cabeça, junto com o sr. Turvy e as crianças.

— Viva! Viva! Viva! — comemorou Michael, maravilhado. Mas, do chão, Mary Poppins lançou-lhe um olhar tão-tão que ele preferia ter ficado quieto e não dito nada.

— Obrigado, Mary — disse o sr. Turvy um tanto triste e nada surpreso.

— Aqui está! — falou Mary Poppins. — É a última coisa que eu faço por você hoje.

Ela colocou a lata com o bolo diante do sr. Turvy.

Imediatamente, com uma roladinha, a lata virou de ponta-cabeça. E toda vez que o sr. Turvy tentava colocá-la de cabeça para cima, ela vinha e desvirava outra vez.

— Ah — ele se desesperou —, eu devia saber! Nada está certo hoje... nem a lata. Vamos precisar cortá-la pelo fundo. Eu só vou pedir...

Cambaleando sobre a própria cabeça, ele foi até a porta, e gritou pela fresta entre a madeira e o chão:

— Srta. Tartlet! Srta. Tartlet! Desculpe incomodá-la, mas a senhorita poderia... gostaria... se importaria de trazer o abridor de lata?

Distante, no andar de baixo, ouviram a srta. Tartlet protestar.

– Ora! – fez uma voz dentro do quarto. – Ora, que bobagem! Não incomodem a mulher! Polly abre! Polly lindinho! Polly esperto!

Mary Poppins pousou primorosamente sobre a própria cabeça, junto com o sr. Turvy e as crianças.

Virando-se, Jane e Michael ficaram surpresos ao ver que a voz vinha da cabeça de papagaio no guarda-chuva de Mary Poppins, que naquele instante ia piruetando até o bolo. Ele pousou de ponta-cabeça em cima da lata e, em dois segundos, abriu um enorme buraco com o bico.

– Pronto! – gritou o papagaio cheio de si. – Polly fez! Polly bonito! – e sorria feliz e orgulhoso enquanto virava de ponta-cabeça junto de Mary Poppins.

– Bem, isso foi muito, *muito* gentil – agradeceu o sr. Turvy naquela sua voz melancólica, conforme a casquinha escura do bolo ia aparecendo.

Ele tirou uma faca do bolso e cortou um pedaço. Parou, então, num sobressalto, e ficou olhando o bolo com mais atenção. Em seguida, olhou indignado para Mary Poppins.

– Isso é coisa sua, Mary! Não negue. Esse bolo, quando a lata foi aberta pela última vez, era um bolo de ameixa, e agora...

– Pão de ló é muito melhor para a digestão – explicou Mary Poppins, empertigada. – Comam devagar, por favor. Vocês não são selvagens mortos de fome! – falou, enquanto passava uma fatia pequena para Jane e outra para Michael.

– Está tudo muito bem – resmungou o sr. Turvy, comendo sua fatia em dois bocados –, mas eu gosto de ameixas, devo admitir. Ah, bem, não é o meu dia de sorte!

Ele parou de falar quando ouviram alguém batendo energicamente na porta.

— Entre! — disse o sr. Turvy.

A srta. Tartlet, parecendo, para dizer o mínimo, mais redonda do que nunca, e sem fôlego depois de ter subido a escada, irrompeu no quarto.

— O abridor de lata, sr. Turvy... — ela começou, reclamona, mas parou de falar assim que viu aquela cena. — Céus! — exclamou, boquiaberta, deixando o abridor de lata cair ao chão. — De tudo que já vi na vida, isso eu nunca tinha imaginado!

Ela deu um passo à frente, observando com profundo desgosto os quatro pares de pés balançando.

— De cabeça para baixo... Vocês todos... Como moscas no teto! E vocês se acham pessoas respeitáveis. Isso não é lugar para uma pessoa do *meu* nível. Deixarei esta casa imediatamente. Fique sabendo, sr. Turvy! — com gestos dramáticos, ela marchou indignada em direção à porta.

Mas, enquanto ela ia saindo, sua enorme saia ondulante voou contra suas pernas redondas e ergueu-a do chão.

Um olhar de surpresa e agonia encheu seu rosto. Ela ergueu as mãos, desesperada.

— Sr. Turvy! Sr. Turvy! Pegue-me! Coloque-me no chão! Socorro! Socorro! — gritava a srta. Tartlet enquanto ela, também, começava a piruetar no ar.

— Oh! Oh! O mundo está de pernas para o ar! O que eu faço? Socorro! Socorro! — ela gritava, dando mais uma volta.

Mas quando ela virou de cabeça para baixo, uma mudança interessante aconteceu. Aquele rosto redondo perdeu a expressão rabugenta e começou a brilhar com sorrisos. E Jane e Michael, surpresos, viram seu cabelo liso se encolher numa massa de pequenos cachos, enquanto ela girava e rodopiava pelo quarto. Quando ela falou outra vez, sua voz áspera estava doce como mel.

— O que pode estar acontecendo comigo? — exclamou a nova voz da srta. Tartlet. — Estou me sentindo como se fosse uma bola. Uma bola que quica! Ou talvez um balão! Ou uma torta de cereja!

Ela irrompeu numa gargalhada.

— Caramba, que alegria! — ela cantarolou, girando e circulando no ar. — Nunca tinha gostado da minha vida antes, mas agora sinto que nunca mais vou parar. É uma sensação deliciosa. Vou escrever para minha irmã contando isso, para os meus primos e tios e tias. Vou falar para eles que o melhor jeito de viver é de ponta-cabeça, de ponta-cabeça, de ponta-cabeça...

E, cantando feliz, a srta. Tartlet seguiu rodopiando. Jane e Michael ficaram olhando aquele espetáculo encantados, e o sr. Turvy um tanto surpreso, pois nunca vira a srta. Tartlet não estar zangada ou brigando com alguém.

— Muito estranho! Muito estranho! — disse o sr. Turvy para si mesmo, balançando a cabeça ao mesmo tempo que se apoiava nela.

Ouviram-se novas batidas à porta.

— Tem alguém aqui chamado Turvy? — perguntou uma voz, e o carteiro surgiu segurando uma carta. Ele parou em choque diante daquela cena.

— Meu pai do céu! — ele exclamou, empurrando o chapéu para trás. — Eu devo ter vindo parar no lugar errado. Estou procurando um cavalheiro honesto e pacato chamado Turvy. Tenho uma carta para ele. Além disso, prometi à minha mulher que chegaria em casa cedo e quebrei minha promessa, e acho que...

— Ah! — exclamou o sr. Turvy, lá do chão. — Uma promessa quebrada é uma das coisas que eu não consigo consertar. Não trabalho com isso, desculpe!

O carteiro olhou para baixo, em direção a ele.

— Eu estou sonhando? — murmurou. — Parece até que eu entrei num turbilhão-pirueta rodopiante de lunáticos!

— Me dê a carta, caro carteiro! Dê a carta para Topsy Tartlet e vire de cabeça para baixo comigo. O sr. Turvy, como você pode ver, está ocupado!

A srta. Tartlet, rodopiando para junto do carteiro, pegou a mão dele. E então os pés do carteiro deslizaram do chão para o ar. E lá foram eles de mãos dadas, o carteiro e a srta. Tartlet, como um casal de bolas quicando.

— Como é bom! — a srta. Tartlet gritou de alegria. — Oh, querido carteiro, estamos vendo a vida pela primeira vez. E como é incrível! Lá vamos nós! Não é maravilhoso?

— Sim! — gritaram Jane e Michael, enquanto se juntavam à dança rodopiante do carteiro e da srta. Tartlet.

E então o sr. Turvy também se juntou a eles, virando e se sacudindo desconjuntado pelo ar. Mary Poppins e seu guarda-chuva foram em seguida, dando voltas com extrema elegância, impecáveis. E ali estavam eles todos, girando, com o mundo flutuando para cima e para baixo lá fora e os gritos de alegria da srta. Tartlet ecoando pelo quarto. Ela cantava, quicando e ricocheteando:

— Todo o lugar
Está de pernas para o ar!

Nas prateleiras, os corações partidos e rachados rodopiavam como piões, a pastorinha e seu leão valsavam graciosamente, o elefante cinza se apoiava na própria tromba a bordo do barco, com os pés para o ar, e o marinheiro de brinquedo dançava não de pé, mas sobre a própria cabeça, que subia e descia com muito ritmo pelo prato de salgueiros-chorões.

— Como eu estou feliz! — exclamou Jane enquanto atravessava o quarto em disparada.

— Como *eu* estou feliz! — exclamou Michael, dando cambalhotas no ar.

O sr. Turvy secava os olhos com seu lenço enquanto batia no vidro da janela fechada e voltava.

Mary Poppins e seu guarda-chuva nada diziam, apenas pairavam de ponta-cabeça calmamente por ali.

— Como estamos *todos* felizes! — celebrava a srta. Tartlet.

Mas o carteiro tinha agora voltado a si e não concordava com ela.

— Aqui! — gritava ele, aos rodopios. — Socorro! Socorro! Onde estou? Quem sou? O que estou fazendo? Não sei mais! Estou perdido! Oh, socorro!

Mas ninguém o socorreu, e, preso na mão da srta. Tartlet, ele continuou sendo rodopiado pelo ar.

– Sempre tive uma vida tranquila, foi! – ele choramingou. – Me comportei como um cidadão decente, também. Oh, o que a minha mulher vai dizer? E como vou voltar para casa? Socorro! Fogo! Ladrão!

E com um grande esforço, ele finalmente conseguiu se desvencilhar da mão da srta. Tartlet. Pôs a carta na lata do bolo e saiu rodopiando porta afora e pelas escadas, de ponta-cabeça, gritando:

– As autoridades vão pegar vocês! Vou chamar a polícia! Vou falar com o chefe dos correios!

A voz dele foi ficando baixinha à medida que ele quicava escada abaixo.

– Ping Ping Ping Ping Ping Ping!

Na praça, o relógio soou seis horas.

E, no mesmo instante, os pés de Jane e Michael bateram no chão com um baque, e assim os meninos ficaram, se sentindo um tanto tontos.

Mary Poppins pôs-se graciosamente de pé, alinhada e aprumada como um manequim na vitrine de uma loja.

O guarda-chuva se desvirou e apoiou-se na ponta, de cabo para cima.

O sr. Turvy, com uma grande confusão de pernas, desabou de pé.

Os corações na prateleira pararam de se mexer e não houve mais nenhum movimento da pastorinha e do leão, ou do elefante cinza ou do marinheiro de brinquedo. Olhando para eles, ninguém jamais teria imaginado que, no minuto anterior, estavam todos dançando sobre as próprias cabeças.

Apenas a srta. Tartlet continuava aos rodopios, rindo feliz e cantando alegremente sua canção:

— A cidade inteira
Está de cabeça para baixo,
De cabeça para baixo,
De cabeça para baixo!

— Srta. Tartlet! Srta. Tartlet! — exclamou o sr. Turvy, correndo na direção dela, com um brilho estranho nos olhos. Ele tomou-lhe o braço enquanto ela girava e segurou firme até que ela se pôs de pé ao seu lado.

— Como é mesmo o seu nome? — perguntou o sr. Turvy, sufocando de tanta animação.

A srta. Tartlet ficou vermelha. Ela olhou para ele cheia de vergonha.

— Ora, Tartlet, senhor. Topsy Tartlet!

O sr. Turvy pegou a mão dela.

— Você se casaria comigo, srta. Tartlet, e se tornaria sra. Topsy Turvy? Isso seria maravilhoso para mim. E você parece ter gostado tanto que talvez não se importe com as minhas segundas segundas-feiras.

— Não me importar com elas, sr. Turvy? Ora, elas vão ser minhas maiores alegrias — disse a srta. Tartlet.

– Eu vi o mundo de ponta-cabeça hoje e ganhei um novo ponto de vista. Eu garanto que vou esperar ansiosamente pelas segundas segundas-feiras todos os meses!

Ela riu timidamente e deu a outra mão para o sr. Turvy. E o sr. Turvy (Jane e Michael gostaram de ver) riu também.

– São seis horas, então eu acho que ele já pode ser ele mesmo de novo! – sussurrou Michael para Jane.

Jane não respondeu: observava o ratinho. Ele não estava mais de cabeça para baixo, e sim correndo de volta para o seu buraco com um belo pedaço de bolo na boca.

Mary Poppins pegou a tigela de porcelana e começou a embrulhá-la.

– Peguem seus lenços, por favor, e ajeitem os chapéus – ordenou.

– E agora... – ela colocou a bolsa nova debaixo do braço e pegou o guarda-chuva.

– Oh, a gente não vai embora agora, vai, Mary Poppins? – perguntou Michael.

– Se *vocês* têm o hábito de ficar a noite toda, eu não tenho – ralhou ela, empurrando-o para a porta.

– Você precisa mesmo ir? – perguntou o sr. Turvy. Mas ele parecia estar falando apenas por educação. Ele só tinha olhos para a srta. Tartlet.

A srta. Tartlet foi até eles, sorrindo radiante e balançando os cachos.

— Voltem — disse ela, dando as mãos para os dois. — Voltem mesmo. O sr. Turvy e eu — ela olhou para baixo encabulada, e corou — estaremos aqui para o chá todas as segundas segundas-feiras. Não é, Arthur?

— Bem — respondeu o sr. Turvy —, estaremos aqui se não estivermos fora. Sim, certamente! — e ele riu, e Jane e Michael riram também.

E ele e a srta. Tartlet ficaram no topo da escada dando adeus para Mary Poppins e as crianças. A srta. Tartlet brilhava de alegria, e o sr. Turvy segurava a mão dela e parecia muito orgulhoso e cheio de si...

— Não sabia que era fácil desse jeito — Michael falou para Jane enquanto eles chapinhavam pela chuva, sob o guarda-chuva de Mary Poppins.

— O quê? — perguntou Jane.

— Ficar apoiado sobre a minha cabeça. Vou praticar quando chegar em casa.

— Eu queria que *a gente* tivesse segundas segundas-feiras — disse Jane, sonhadora.

— Entrem, por favor! — disse Mary Poppins, fechando o guarda-chuva e fazendo as crianças subirem a escada em espiral do ônibus.

Eles se sentaram juntos em um banco atrás dela, conversando baixinho sobre tudo que tinha acontecido naquela tarde.

Mary Poppins se virou e olhou para eles muito séria.

— Sussurrar é falta de educação — ralhou. — E sentem-se direito. Vocês não são sacos de farinha!

Eles ficaram em silêncio por alguns minutos. Mary Poppins, virando-se no seu banco, os observava com olhos um tanto zangados.

— Que família engraçada você tem — falou Michael, tentando puxar conversa.

A cabeça dela se levantou imediatamente.

— Engraçada? O que você quer dizer com isso, faça-me o favor? Engraçada?

— Bem... estranha. O sr. Turvy rodopiando pelo ar que nem um cata-vento, e de ponta-cabeça...

Mary Poppins ficou olhando para ele como se não pudesse acreditar no que estava ouvindo.

— Eu entendi bem o que você disse? — ela começou, pronunciando as palavras como se estivesse mordendo cada uma delas. — Que o meu primo voou por aí feito um cata-vento? E ficou de ponta...

— Mas ele ficou! — Michael protestou, nervoso. — A gente viu.

— De ponta-cabeça? Um parente meu de ponta-cabeça? E piruetando por aí como um brinquedo?

Mary Poppins mal parecia capaz de repetir aquela declaração horrível. Ela olhava feio para Michael.

— Agora essa!... — continuou, enquanto ele se encolhia com muito medo daqueles olhos zangados e implacáveis. — É o fim da picada. Primeiro você é malcriado comigo, e logo em seguida insulta meus familiares. Falta um pouquinho assim... Um Pouquinho Assim para eu dar aviso prévio e ir embora. Então fique avisado!

E com isso ela voltou a se ajeitar em seu lugar, com um pulinho, e ficou de costas para eles. E, mesmo de costas, ela parecia mais irritada do que eles jamais a haviam visto.

Michael inclinou-se para a frente.

— Eu... eu peço desculpas — falou.

Não houve resposta do banco da frente.

— Desculpa, Mary Poppins! Eu sinto muito.

— Humpf!

— Sinto muito *de verdade*!

— E tem que sentir mesmo! — retrucou ela, olhando fixamente para a frente.

Michael inclinou-se para perto de Jane.

— Mas é verdade... o que eu disse. Não é? — ele sussurrou.

Jane fez que sim com a cabeça e levou o indicador aos lábios, para ele ficar quieto. Ela estava olhando para o chapéu de Mary Poppins. E quando teve certeza de que Mary Poppins não estava prestando atenção, apontou para a aba.

Ali, brilhando sobre a palha negra e lustrosa, havia migalhas espalhadas, migalhas amarelas de um pão de ló, o tipo de coisa que você espera encontrar no chapéu de uma pessoa que ficou de ponta-cabeça na hora do chá.

Michael ficou olhando por um momento. Então ele se virou para Jane e balançou a cabeça, entendendo tudo.

Ficaram ali, sacolejando enquanto o ônibus seguia barulhento a caminho de casa. As costas de Mary Poppins, bem retas e zangadas, funcionavam como um aviso silencioso. Eles não tinham coragem de falar com ela. Mas todas as vezes que o ônibus virava uma esquina, eles viam as migalhas rodopiando sobre a aba brilhante do chapéu...

5. A NOVIDADE

—**M**as *por que* nós temos que sair para passear com a Ellen? — resmungou Michael, batendo o portão. — Eu não gosto dela. O nariz dela é tão vermelho!

— Shhh! — disse Jane. — Ela vai ouvir.

Ellen, que estava empurrando o carrinho, virou-se.

— Você é um menino cruel e mal-educado, Michael. Só estou fazendo o meu trabalho! Não gosto nem um pouco de sair nesse calor, fique sabendo!

Ela assoou o nariz vermelho em um lenço verde.

— Então por que está indo? — Michael quis saber.

— Porque Mary Poppins está ocupada. Então venha, seja um bom menino e eu lhe compro um saquinho de balas de hortelã.

— Não quero bala de hortelã — murmurou Michael. — Eu quero a Mary Poppins.

Plop-plop. Plop-plop. Os pés de Ellen iam lentos e pesados pela rua.

— Consigo ver arco-íris pelos buraquinhos do meu chapéu — disse Jane.

— Eu não — disse Michael, de mau humor. — Só vejo o forro.

Ellen parou na esquina, observando aflita o trânsito.

— Quer ajuda? — perguntou o Guarda, cumprimentando-a.

— Sim — disse Ellen, corando. — Se você puder nos ajudar a atravessar a rua, ficarei agradecida. Com esse resfriado e quatro crianças para tomar conta, não sei se estou com a cabeça no lugar — ela assoou o nariz mais uma vez.

— Mas você *tem* que saber! É só olhar! — disse Michael, pensando em como Ellen era Perfeitamente Horrível.

Mas o Guarda aparentemente pensava de outra forma, pois ele pegou o braço de Ellen com uma das mãos e o carrinho com a outra, e a conduziu pela rua com a ternura de um noivo.

— Você tem dias de folga? — perguntou ele, olhando o rosto vermelho de Ellen com interesse.

— Bom, metades de dias de folga, na verdade. Todo segundo sábado do mês.

Ela assoou ansiosamente o nariz.

— Que engraçado — falou o Guarda. — São os *meus* dias também. E eu costumo estar por aqui por volta das duas da tarde.

— Oh! — fez Ellen, abrindo bastante a boca.

— Então! — disse o Guarda, com um gesto gentil.

– Bem, eu vou ver – disse Ellen. – Até logo.

E ela foi se arrastando naquele passo pesado, virando para trás de vez em quando para ver se o Guarda ainda estava olhando.

E ele sempre estava.

– Mary Poppins nunca precisa de um Guarda – reclamou Michael. – Com o que ela *pode* estar ocupada?

– Alguma coisa importante está acontecendo em casa – disse Jane. – Tenho certeza.

– Como você sabe?

– Estou sentindo uma espécie de vazio por dentro, como se eu estivesse esperando alguma coisa.

– Bah! – disse Michael. – Imagino que você só esteja com fome! Não podemos ir mais rápido, Ellen, e acabar logo com isso?

– Esse menino – disse Ellen para as grades do parque – tem um coração de pedra. Não, não podemos, Michael, por causa dos meus pés.

– Qual é o problema com eles?

— Eles só conseguem ir rápido assim, não mais rápido que isso.

— Oh, *querida* Mary Poppins! — exclamou Michael, choroso.

Ele foi suspirando atrás do carrinho. Jane ia ao seu lado contando arcos-íris pelo chapéu.

Os pés lentos e pesados de Ellen seguiam em passos constantes. Um-dois, um-dois, plop-plop, plop-plop...

E bem atrás deles, na Cherry Tree Lane, a coisa importante estava acontecendo.

Do lado de fora, o Número Dezessete parecia tão pacífico e sonolento quanto as outras casas. Mas por trás das persianas abaixadas havia tanto alvoroço e agitação que, se não fosse verão, quem passasse por ali poderia jurar que os moradores estavam em plena faxina de primavera ou às voltas com os preparativos para o Natal.

Mas a casa em si apenas piscava os olhos sob o sol, sem se importar com aquilo. Afinal, ela pensava consigo mesma, eu já vi muito agito antes e provavelmente ainda verei, então por que *eu* deveria me preocupar?

E nesse momento a porta da frente foi aberta pela sra. Brill, e o dr. Simpson saiu apressado. A sra. Brill dançava inquieta na ponta dos pés enquanto o via ir embora pelo caminho do jardim balançando a maleta marrom. Logo depois, ela correu até a despensa e chamou, ansiosa:

— Onde você está, Robertson? Venha comigo!

Ela voou pelas escadas de dois em dois degraus, com Robertson Ay bocejando e se espreguiçando atrás dela.

— Shhh! — fez a sra. Brill. — Shhh!

Ela levou o indicador aos lábios e foi na pontinha dos pés até a porta do quarto da sra. Banks.

— Tsc! Só dá para ver o guarda-roupa — ela reclamou, enquanto se abaixava para olhar pelo buraco da fechadura. — O guarda-roupa e um pouco da trepadeira.

Mas no instante seguinte ela deu um pulo para trás, assustada.

— Deus glorioso! — ela deu um gritinho quando a porta se abriu de repente, e caiu em cima de Robertson Ay.

Ali, contra a luz que vinha do quarto, estava Mary Poppins, muito séria e desconfiada. Ela trazia nos braços, com muito cuidado, alguma coisa parecida com uma trouxa de cobertores.

– Bem! – disse a sra. Brill, sem ar. – Ora se não é você! Eu só estava polindo a maçaneta, dando uma lustrada nela, por assim dizer, quando você apareceu.

Mary Poppins olhou para a maçaneta. Estava sujíssima.

– Você estava polindo o buraco da fechadura, isso sim! – ela disse, sarcástica.

Mas a sra. Brill não deu importância. Ela olhava cheia de ternura para a trouxa. Com sua enorme mão vermelha, afastou a dobra de um dos cobertores, e um sorriso satisfeito encheu seu rosto.

– Ah! – ela fez. – Ah, um carneirinho! Ah, um amorzinho! Ah, uma joiazinha! Que felicidade! É como se fosse uma semana só de domingos!

Robertson Ay bocejou outra vez e ficou olhando para a trouxa com a boca levemente aberta.

– Mais um par de sapatos para limpar! – lamentou ele, recostando-se na balaustrada.

– Cuidado para não deixar cair! – disse a sra. Brill nervosa, quando Mary Poppins esbarrou nela, saindo rápido dali.

Mary Poppins olhou para os dois cheia de desprezo.

— Se eu fosse *certas* pessoas — observou, ácida — eu cuidaria da minha vida!

E ela ajeitou a dobra da trouxa e foi para o quarto das crianças, no andar de cima.

— Com licença, por favor! Com licença!

O sr. Banks surgiu correndo pelas escadas, quase derrubando a sra. Brill enquanto entrava apressado no quarto da sra. Banks.

— Bem! — disse ele, sentando-se ao pé da cama. — Isso tudo é muito complicado. Muito complicado mesmo. Eu não sei se dou conta. Eu não pedi cinco.

— Sinto muito! — disse a sra. Banks, sorrindo feliz para ele.

— Você não sente, não, nem um pouquinho. Na verdade, você está muito feliz e cheia de si. E nem tem razão para estar. É muito pequenininho.

— Eu gosto deles assim — disse a sra. Banks. — Além disso, vai crescer.

— Sim, infelizmente! — respondeu ele, amargo. — E eu vou ter que comprar roupas e sapatos e um triciclo. Sim, e mandar para a escola e prover um Bom Começo na vida. É um processo muito caro. E então, depois de tudo, quando eu for um velho sentado na frente da lareira, ele vai embora, e eu vou ficar sozinho. Você não pensou nisso, certo?

— Não — disse a sra. Banks, tentando parecer triste, mas sem conseguir. — Eu não pensei.

— Achei que não. Bem, é isso. Mas eu já aviso que não vou conseguir trocar os azulejos do banheiro.

— Não se preocupe — disse a sra. Banks, tentando fazer com que ele se sentisse melhor. — Eu prefiro mesmo os azulejos antigos.

— Então você é uma tonta. É só o que eu tenho a dizer.

E o sr. Banks saiu indignado, resmungando pela casa. Quando ele pôs o pé para fora, porém, estufou o peito, endireitou os ombros e colocou um charuto imenso na boca. E logo depois foi ouvido contando a nova ao Almirante Boom, numa voz alta, vaidoso e cheio de orgulho...

MARY POPPINS CURVOU-SE sobre o novo berço entre as caminhas de John e Barbara e colocou a trouxa de cobertores dentro dele com muito cuidado.

— Aí está você, finalmente! Pelo meu bico e minhas penas, achei que você não ia voltar nunca! É o quê? — grasnou uma voz da janela.

Mary Poppins virou-se em sua direção.

Era o Estorninho que vivia no topo da chaminé, saltando animadíssimo no parapeito.

— Uma menina, Annabel — respondeu Mary Poppins. — E agradecerei se você ficar quietinho. Você berra como um bando de gralhas!

Mas o Estorninho não escutou. Ele estava dando cambalhotas no parapeito, batendo as asas animadíssimo toda vez que caía de pé.

– Que maravilha! – ele disse sem fôlego, quando por fim se endireitou. – Que MARAVILHA! Ah, eu poderia cantar agora!

– Não mesmo! Nem que você tentasse até o fim dos tempos! – avisou Mary Poppins.

Mas o Estorninho estava feliz demais para se incomodar com aquilo.

– Uma garotinha! – gritava ele, dançando. – Eu tive três filhotes nesta estação, e todos meninos, acredita? Mas Annabel vai compensar isso!

Saltitou mais um pouco pelo parapeito.

– Annabel! – continuou ele. – Que nome lindo! Eu tinha uma tia chamada Annabel. Vivia na chaminé do Almirante Boom e morreu, coitadinha, de tanto comer maçãs e uvas verdes. Eu avisei, eu avisei! Mas ela não acreditou em mim! Então, é claro...

– Fique quieto! – mandou Mary Poppins, sacudindo o avental em sua direção.

– Não vou ficar! – ele berrou, desviando dela com uma manobra elegante. – Não é hora de silêncio. Vou espalhar a notícia.

E saiu voando pela janela.

— Volto em cinco minutos! — gritou para ela por sobre o ombro ao partir.

Mary Poppins andou silenciosamente pelo quarto, arrumando as roupas novas de Annabel em uma pilha impecável.

A Luz do Sol, deslizando pela janela, tocou o chão e foi rastejando até o berço.

— Abra os olhos! — ela disse suavemente. — E eu vou colocar meu brilho neles!

O cortinado que cobria o berço tremelicou. Annabel abriu os olhos.

— Boa menina! — disse a Luz do Sol. — Eles são azuis! Minha cor favorita! Você não vai encontrar olhos mais brilhantes em lugar nenhum!

Ela deslizou delicadamente dos olhos de Annabel para o chão, descendo pela lateral do berço.

— Muito obrigada! — agradeceu Annabel, educada.

Uma Brisa quentinha remexeu os babados que cobriam sua cabeça.

— Liso ou cacheado? — sussurrou, pairando ao lado do berço.

— Oh, cachinhos, por favor! — disse Annabel, delicada.

— Dá menos trabalho, não é? — concordou a Brisa. E ela percorreu a cabeça de Annabel, soprando bem de leve a penugem de seu cabelo, antes de flutuar para fora do quarto.

— Chegamos, chegamos!

Uma voz estridente gritou na janela. O Estorninho havia retornado ao parapeito. E atrás dele veio um pássaro bem novinho, que pousou um tanto cambaleante.

Mary Poppins foi até eles com um ar ameaçador.

— Fora! — disse ela, irritada. — Não quero saber de passarinhos sujando este quarto...

Mas o Estorninho, com o pequenino ao seu lado, voou altivo raspando nela.

— Tenha a gentileza de se lembrar, Mary Poppins — ele falou secamente —, que minha família *inteira* é muito bem criada. Ora, onde já se viu?, sujar!

Ele pousou com elegância na beirada do berço e acomodou o Filhote ao seu lado.

O passarinho observou ao redor com olhos redondos e interessados. O Estorninho saltitou até o travesseiro.

— Annabel, querida — começou ele com sua voz rouca, persuasivo —, gosto muito de boas migalhinhas crocantes de biscoito — seus olhos brilhavam cheios de gula. — Você teria algum aí?

A cabecinha cacheada se remexeu no travesseiro.

— Não? Bem, você é muito pequena para biscoitos, talvez. Sua irmã Barbara (menina legal ela, generosa e agradável) sempre se lembrava de mim. Então, se no futuro *você* puder separar uma ou duas migalhas para esse velho amigo aqui...

— Claro que sim — disse Annabel, lá das dobras do cobertor.

— Boa menina! — crocitou o Estorninho, satisfeito. Ele levantou a cabeça de lado e olhou para ela com seus olhos brilhantes e redondos. — Espero que você não esteja muito cansada da viagem — comentou, educado.

Annabel balançou a cabeça.

— De onde ela veio? De um ovo? — piou o Filhote de repente.

— Aham — zombou Mary Poppins. — Ora, você acha que ela é um passarinho?

O Estorninho olhou para ela todo ofendido.

— Ora, e o que é ela, então? E de onde ela veio? — retrucou o Filhote muito trinadamente, batendo suas asinhas e olhando para o berço.

— Diga *você* a ele, Annabel! — pediu o Estorninho.

Annabel remexeu as mãos dentro do cobertor.

— Eu sou terra e ar e fogo e água — disse ela suavemente. — Eu venho da Escuridão onde todas as coisas começam.

— Ah, essa escuridão! — suspirou o Estorninho, recostando a cabeça no peito.

— Era escuro dentro do ovo, também! — piou o Filhote.

— Eu venho do mar e das marés — continuou Annabel. — Eu venho do céu e das estrelas, eu venho do sol e de seu brilho...

— Ah, tão brilhante! — o Estorninho falou, concordando com a cabeça.

— E eu venho das florestas da terra.

Como num sonho, Mary Poppins balançou o berço — para a frente e para trás, para a frente e para trás, num embalo firme e constante.

— Sim? — sussurrou o Filhote.

— Eu me movia muito devagar no começo — disse Annabel —, sempre dormindo e sonhando. Eu me lembrava de tudo o que fui e pensava em tudo o que vou ser. E quando terminei de sonhar o meu sonho, despertei e vim ligeira.

Ela parou por um instante, seus olhos azuis cheios de memórias.

— E então? — pediu o Filhote.

— Eu escutei as estrelas cantando enquanto eu vinha, e senti asas cheias de calor que me abraçavam. Passei pelos animais da selva e atravessei as águas escuras e profundas. Foi uma viagem longa.

Annabel fez silêncio.

O Filhote a encarava com olhos curiosos e iluminados.

A mão de Mary Poppins estava pousada na lateral do berço. Ela tinha parado de balançá-lo.

— Uma longa viagem, de fato! — disse o Estorninho, suave, erguendo a cabeça. — E, ah!, tão rapidamente esquecida.

Annabel se agitou por debaixo dos cobertores.

— Não! — falou cheia de certeza. — Eu nunca vou esquecer.

— Besteira e bobagem! Bicos e garras! É claro que vai! No fim desta semana você já não vai se lembrar de mais nada... do que você é ou de onde veio!

Dentro de sua camisola de flanela, Annabel chutava furiosa.

— Eu vou! Eu vou! Como eu poderia esquecer?

— Porque todos esquecem! — caçoou o Estorninho, maldoso. — Todos esses humanos bobos, menos... — ele apontou Mary Poppins com a cabeça — ...ela! Ela é Diferente, ela é a Esquisita, ela é A Que Não se Encaixa...

— Seu passarinho! — gritou Mary Poppins, avançando para ele.

Mas com uma risada maldosa ele pegou o Filhote da beirada do berço e voou com ele para o parapeito da janela.

– Te peguei! – disse ele insolente, ao escapar. – Ora, o que é isso?

Ouviram uma confusão de vozes do lado de fora da casa, e um alvoroço de passos nas escadas.

– Eu não acredito em você! Eu não vou acreditar em você! – protestava Annabel, sem parar.

E, naquele momento, Jane e Michael e os Gêmeos entraram no quarto.

– A sra. Brill disse que você tem uma coisa para mostrar para a gente! – disse Jane, tirando o chapéu.

– O que é? – quis saber Michael, olhando ao redor.

– Mostra para mim! Para mim também! – pediram os Gêmeos, dando gritinhos.

Mary Poppins olhou para eles muito séria.

– Isso aqui é um quarto decente ou o jardim zoológico? – perguntou, irritada. – Respondam!

– É o zoo... hum... quer dizer... – Michael parou de falar instantaneamente, pois dera de cara com o olhar de Mary Poppins. – Quer dizer, um quarto – disse ele, sem graça.

– Oh, olhe, Michael, olhe! – Jane falou, ansiosa. – Eu disse que alguma coisa importante estava acontecendo! É um bebê! Oh, Mary Poppins, posso ficar com ele?

Mary Poppins, com uma olhada furiosa para todos, abaixou-se e pegou Annabel do berço e sentou-se com ela na poltrona antiga.

– Sejam delicados, por favor, com calma! – advertiu, enquanto eles se amontoavam em volta da bebezinha. – É um bebê, não um navio de guerra!

– É menino? – perguntou Michael.

– Não, uma menina. Annabel.

Michael e Annabel olharam um para o outro. Ele colocou o dedo indicador na mão dela, que o agarrou.

– Minha bonequinha! – disse John, subindo pelo joelho de Mary Poppins.

– Minha coelhinha! – falou Barbara, puxando a mantinha de Annabel.

– Oh! – suspirou Jane, tocando o cabelo que o vento tinha encaracolado. – Que pequenininha! Que linda! Como uma estrela! De onde você veio, Annabel?

Satisfeita com o interesse, Annabel começou a contar sua história outra vez.

– Eu vim da Escuridão... – recitou com sua voz suave.

Jane riu.

– Que barulhinhos engraçados! – ela riu. – Eu queria que ela pudesse falar e nos contasse.

Annabel olhou espantada.

– Mas eu *estou* contando – protestou ela, chutando.

Ela se sentou na poltrona antiga.

– Ha ha! – gritou o Estorninho insolente na janela. – O que foi que eu disse? Desculpe eu rir!

O Filhote deu uma risadinha por trás da própria asa.

— Talvez ela tenha vindo de uma loja de brinquedos — falou Michael.

Annabel, com um movimento irritado, soltou o dedo dele.

— Não seja bobo! — disse Jane. — O dr. Simpson deve ter trazido a Annabel na maleta marrom dele.

— Eu estava certo ou errado? — os velhos olhos escuros do Estorninho brilharam provocadores para Annabel. — Me diga! — caçoou ele, batendo as asas triunfante.

Como resposta Annabel virou o rosto contra o avental de Mary Poppins e chorou. Seus primeiros gritos, agudos e desolados, penetraram pela casa.

— Calma! Calma! — disse o Estorninho, impaciente. — Pare com isso! Não tem jeito. Você é só uma criança humana, afinal. Mas da próxima vez talvez você acredite nos mais velhos! Mais velhos e mais sábios! Mais velhos e mais sábios! — ele gritava, empinando-se todo convencido.

— Michael, pegue meu espanador de pó, por favor, e espante aqueles passarinhos da janela! — disse Mary Poppins, ameaçando.

Um grito debochado veio do Estorninho:

— Nós podemos nos espantar por conta própria, obrigado! Já estávamos de saída mesmo! Vamos, garoto!

E, com uma risada cacarejada, ele deu um cutucão de leve no Filhote e saíram voando...

Annabel não demorou a se adaptar à vida na Cherry Tree Lane. Ela adorava ser o centro das atenções e sempre ficava feliz quando alguém se debruçava sobre o berço e dizia como ela era linda, ou como era boazinha, ou como era um doce.

– Continuem me admirando! – dizia ela, sorrindo. – Gosto muito disso!

E então eles logo começavam a elogiar seus cachinhos e seus olhos azuis, e Annabel sorria muito satisfeita, de um jeito que fazia eles exclamarem "Como ela é esperta! Dá até para pensar que está entendendo tudo!".

Mas *isso* sempre a chateava, e ela dava as costas para eles, decepcionada com tanta estupidez. O que era uma bobagem, porque quando ela se aborrecia ficava tão adorável que eles ficavam ainda mais tolos do que nunca.

Ela tinha uma semana de idade quando o Estorninho voltou. Mary Poppins, iluminada pela meia-luz do abajur, balançava levemente o berço quando ele apareceu.

– De novo por aqui? – perguntou Mary Poppins, enquanto ele se empinava todo. – Você não vale nada! – ela deu uma longa fungada, em tom de desprezo.

– Eu estava ocupado! – disse o Estorninho. – Preciso manter as coisas em ordem. E este não é o *único* quarto do qual eu tenho que cuidar, sabe? – seus olhinhos escuros e suspeitos brilhavam, intensos.

— Humpf! — ela disse apenas. — Sinto muito pelos outros.

Ele riu e balançou a cabeça.

— Não há ninguém como ela! — ele cantarolou para os puxadores da cortina. — Não há ninguém como ela! Ela tem resposta para tudo!

Ele apontou para o berço com a cabeça.

— Bem, como estão as coisas? Annabel está dormindo?

— Se estiver não é graças a você! — respondeu Mary Poppins.

O Estorninho fingiu que não ouviu. Foi saltitando até a ponta do parapeito.

— Eu posso cuidar dela — sussurrou. — Vá lá embaixo pegar uma xícara de chá!

Mary Poppins se levantou.

— Cuidado para não acordá-la, então!

O Estorninho riu com desprezo.

— Minha garota, eu criei pelo menos vinte ninhadas. Não precisa me dizer como cuidar de um simples bebê.

— Humpf! — Mary Poppins foi até o armário e ostensivamente colocou a lata de biscoito debaixo do braço antes de sair e fechar a porta.

O Estorninho andava de um lado para o outro no parapeito da janela, para a frente e para trás, com as pontas das asas debaixo das penas da cauda. Houve uma pequena movimentação no berço. Annabel abriu os olhos.

— Olá — ela disse. — Eu queria mesmo falar com você.

— Ah! — fez o Estorninho, voando até ela.

— Tem uma coisa que eu queria lembrar — falou Annabel, franzindo o rosto —, e pensei que você pudesse me ajudar.

Ele parou, sobressaltado. Seus olhos escuros brilharam.

— Como é? — ele disse delicadamente. — Assim?

E começou a sussurrar com sua voz rouca:

— Eu sou a terra e o ar e o fogo e a água...

— Não, não! — disse Annabel, impaciente. — É claro que não.

— Bem — disse o Estorninho, ansioso —, era sobre a sua viagem? Você veio do mar e das marés, você veio do céu e...

— Ora, não seja *bobo*! — interrompeu Annabel. — A única viagem que já fiz foi até o Parque, ida e volta, hoje de manhã. Não, não... era uma coisa *importante*. Uma coisa que começa com B.

De repente ela deu um grito:

— Lembrei! É biscoito. Metade de um biscoito no aparador da lareira. Michael deixou ali depois do chá!

— Só isso? — falou o Estorninho, com tristeza.

— Sim, claro — disse Annabel, chateada. — Não basta? Pensei que você fosse gostar de um bom pedaço de biscoito!

— Gostei, gostei sim! — apressou-se o Estorninho. — Mas...

Ela se ajeitou no travesseiro e fechou os olhos.

– Agora pare de falar, por favor! – pediu. – Eu quero dormir.

O Estorninho olhou para o aparador da lareira, e mais uma vez para Annabel.

– Biscoito! – disse ele, balançando a cabeça. – Ah, Annabel, que pena!

Mary Poppins entrou de mansinho e fechou a porta.

– Ela acordou? – perguntou num sussurro.

O Estorninho fez que sim com a cabeça.

– Apenas por um minuto – disse ele cabisbaixo –, mas foi longo o bastante.

Os olhos de Mary Poppins perguntaram o que houve.

– Ela esqueceu – disse ele, com a voz falhada. – Ela esqueceu tudo. Eu sabia que isso ia acontecer. Mas, ah, minha querida, que pena!

– Humpf!

Mary Poppins foi andando pelo quarto devagar, guardando os brinquedos. Ela olhou para o Estorninho. Ele estava no parapeito de costas para ela, e seus ombros salpicados de pintinhas estavam sacudindo de leve.

– Pegou outro resfriado? – observou ela sarcasticamente.

Ele se virou.

– Claro que não! É... hum... o ar da noite. Friozinho, sabe? Faz meus olhos marejarem. Bem, preciso ir!

Ele foi andando desajeitado até a beirada do parapeito.

— Estou ficando velho — grasnou ele um tanto triste. — É isso aí! Não somos mais jovens como antes. Não é mesmo, Mary Poppins?

— Não sei quanto a *você* — ela se aprumou, olhando-o com desdém. — Mas continuo *jovem* como sempre fui, obrigada!

— Ah! — disse o Estorninho, balançando a cabeça. — Você é uma Maravilha. Uma maravilhosa Maravilha!

Seus olhos redondos brilharam maliciosos.

— Acho que não! — ele falou, insolente, quando foi embora voando.

— Passarinho sem-vergonha! — gritou Mary Poppins para ele, e bateu a janela...

6. A HISTÓRIA DE ROBERTSON AY

–Caminhando, por favor! – disse Mary Poppins, empurrando o carrinho com os Gêmeos em uma ponta e Annabel na outra, rumo a seu banco favorito no Parque.

Era um banco verde, bem próximo do lago, e ela gostava dele pois podia se virar para um lado e para o outro, sempre que quisesse, e ver seu próprio reflexo na água. A imagem de seu rosto brilhando entre duas vitórias-régias sempre lhe dava uma agradável sensação de satisfação e felicidade.

Michael vinha atrás, se arrastando.

– Estamos sempre caminhando – resmungou para Jane bem baixinho, com todo o cuidado para que Mary Poppins não o escutasse – mas parece que nunca chegamos a lugar nenhum.

Mary Poppins se virou e deu uma olhada daquelas.

– Ajeite esse chapéu!

Michael inclinou o chapéu sobre os olhos. O chapéu tinha "H.M.S. Trompetista" gravado na fita, e Michael achava que ele lhe caía muito bem.

Mas Mary Poppins estava olhando para os dois com desprezo.

– Humpf! – disse ela. – Vocês dois estão uma vergonha! Vagando como duas tartarugas e com os sapatos sem polir.

– Hoje é a folga de Robertson Ay – disse Jane. – Ele não deve ter tido tempo de polir antes de sair.

– Tsc, tsc! Preguiçoso, folgado, imprestável, isso sim é o que ele é. Sempre foi e sempre será! – falou Mary Poppins, empurrando irritada o carrinho contra o banco verde.

Ela aprumou os Gêmeos e enrolou Annabel na manta. Olhou seu reflexo iluminado pelo sol no lago e deu um sorrisinho convencido, ajeitando o novo laço de fita no pescoço. Então pegou sua bolsa de tricô no carrinho.

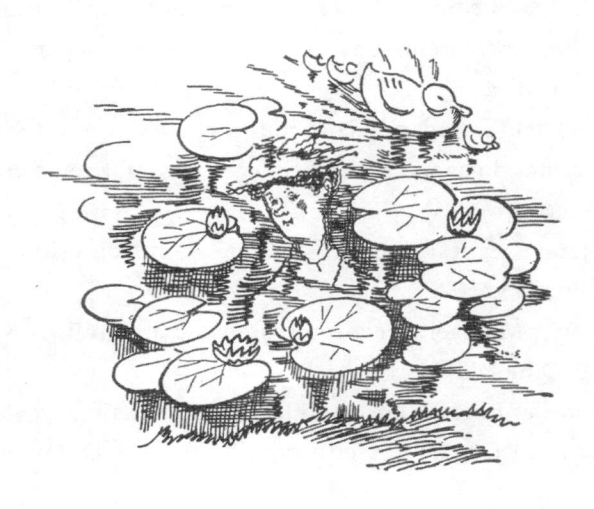

— Como você sabe que ele sempre foi assim? — perguntou Jane. — Você já conhecia o Robertson Ay antes daqui?

— Não faça perguntas, e você não ouvirá mentiras como resposta! — disse Mary Poppins, afetada, enquanto começava a tricotar um colete de lã para John.

— Ela nunca explica *nada*! — resmungou Michael.

— Eu sei! — suspirou Jane.

Mas logo eles se esqueceram de Robertson Ay e começaram a brincar de Sr. e Sra. Banks e Seus Dois Filhos. Em seguida, viraram Peles-Vermelhas, com John e Barbara sendo as Mulheres. E depois se transformaram em Acrobatas da Corda Bamba, com o encosto do banco verde fazendo as vezes de corda.

— Cuidado com o meu chapéu... *façam o favor*! — disse Mary Poppins. Era um chapéu marrom com uma pena de pombo na fita.

Michael foi andando com muito cuidado, pé ante pé, pelas costas do banco. Quando chegou ao fim, tirou o chapéu e sacudiu-o.

— Jane — cantarolou, provocando —, eu sou o Rei da Fortaleza, e você é...

— Pare, Michael! — ela interrompeu e apontou para o lago. — Olhe lá!

Pelo caminho na borda do lago vinha uma figura alta e magra, vestida de um jeito muito estranho. O homem usava meia-calça vermelha com listras amarelas, uma túnica nas mesmas cores com a bainha ondulada e um chapéu de abas largas, também vermelho e amarelo, com o cocoruto alto e pontudo.

Jane e Michael observaram, interessados, enquanto ele vinha em sua direção, andando num passo preguiçoso e presunçoso, com as mãos nos bolsos e o chapéu puxado por cima dos olhos.

Ele assoviava alto e, quando chegou mais perto, eles viram que a bainha da túnica e a aba do chapéu tinham guizos, que tilintavam enquanto ele andava. Era a pessoa mais estranha que já tinham visto na vida; no entanto... havia algo familiar nela.

— Acho que já vi esse homem antes — disse Jane, franzindo a testa e tentando lembrar.

— Eu também. Mas não consigo imaginar onde — Michael se equilibrou no encosto do banco, olhando.

Assoviando e tilintando, aquela pessoa estranha veio até Mary Poppins e se inclinou apoiado no carrinho.

— Bom dia, Mary! — falou, e preguiçosamente tocou a aba do chapéu com o dedo. — Como estão as coisas?

Mary Poppins ergueu os olhos do seu tricô.

— Não estão melhores por você ter perguntado — bufou ela.

Jane e Michael não conseguiam ver o rosto do homem, pois a aba do chapéu estava puxada bem para baixo, mas pelo jeito como os guizos tilintaram, entenderam que ele estava rindo.

– Ocupada, como sempre! – observou ele, olhando para o tricô. – Mas você sempre esteve, mesmo lá na Corte. Se não estava tirando a poeira do Trono você estava fazendo a cama do Rei, e se não estava fazendo isso estava polindo as Joias da Coroa. Nunca conheci alguém que trabalhasse tanto!

– Bem, não se pode dizer o mesmo de você – retrucou Mary Poppins, irritada.

– Ha! – riu o Estranho. – Mas é aí que você se engana! Eu estou sempre ocupado. Não fazer nada exige bastante tempo. Todo o tempo, na verdade!

Mary Poppins apertou os lábios e não respondeu.

O Estranho deu uma risadinha divertida.

– Bem, eu preciso ir – ele disse. – Nos encontramos por aí!

Ele passou o dedo de leve pelos guizos do chapéu e foi embora naquele passo manso, assoviando pelo caminho.

Jane e Michael ficaram olhando, até que o perderam de vista.

– João Moleza!

A voz de Mary Poppins disparou seca atrás deles, e quando eles se viraram viram que ela, também, estava olhando para o Estranho.

— Quem era aquele homem, Mary Poppins? — perguntou Michael, pulando alvoroçado no banco.

— Acabei de falar — ela respondeu. — Você disse que era o Rei da Fortaleza... e você não é, de jeito nenhum! Mas aquele é o João Moleza.

— Aquele da cantiga de roda? — quis saber Jane, espantada.

— Mas as cantigas de roda não são de verdade, são? — disse Michael. — Se elas são, então quem *é* o Rei da Fortaleza?

— Silêncio! — disse Jane, segurando o braço dele.

Mary Poppins tinha largado o tricô e estava olhando longe, para além do lago, com um ar distante.

Jane e Michael sentaram e ficaram muito quietos, com a esperança de que, se não fizessem nenhum som, ela contasse a história toda. Os Gêmeos se encolheram num canto do carrinho, olhando muito sérios para Mary Poppins. Annabel, na outra ponta, estava dormindo pesado.

— O Rei da Fortaleza — começou Mary Poppins, cruzando as mãos sobre o novelo de lã e olhando através das crianças, como se elas não estivessem ali. — O Rei da Fortaleza vivia num país tão distante que a maioria das pessoas nunca ouviu falar dele. Pensem no lugar mais longe que puderem, e é ainda mais distante do que isso; pensem o mais alto que conseguirem, e é ainda mais alto; imaginem o mais fundo que for, e é ainda mais fundo. E se eu fosse dizer para vocês como ele era rico – ela continuou – nós ficaríamos sentados aqui até o ano que vem e ainda estaríamos na metade de sua lista de tesouros. Ele era enormemente, extravagantemente, absurdamente rico. Na verdade, só existia uma coisa no mundo inteiro que ele não tinha. E essa coisa era a sabedoria.

E então Mary Poppins prosseguiu...

Sua terra era cheia de minas de ouro, seu povo era próspero e educado e em sua maioria esplêndido. Ele tinha uma boa mulher e quatro filhos rechonchudos – ou talvez fossem cinco. Ele nunca lembrava bem quantos porque sua memória era péssima.

Seu castelo era feito de prata e granito, e seus cofres lotados de ouro, e os diamantes em sua coroa eram grandes como ovos de pato.

Ele tinha muitas cidades maravilhosas e navios no mar. E, como braço direito, ele contava com um Lorde Chanceler que sabia exatamente o que era o quê e o que não era, e que o aconselhava conformemente.

Mas o Rei não sabia as coisas. Ele era completa e absolutamente estúpido, e, mais do que isso, tinha consciência de que era! Na verdade, ele não tinha como não ter, pois todos, começando pela Rainha e o Lorde Chanceler, o lembravam constantemente disso. Mesmo os condutores e os maquinistas e as pessoas que trabalhavam no comércio eram incapazes de não deixar bem claro para o Rei que *eles* sabiam que ele não sabia nada. Mas eles não desgostavam dele; era apenas um certo desdém.

Não era culpa do Rei ser assim. Ele tinha tentado infinitas vezes aprender a saber, desde criança. Mas, no meio das aulas, mesmo quando já estava mais crescido, ele de repente caía no choro e, secando os olhos em seu manto de arminho, gritava:

— Eu sei que nunca vou conseguir. Nunca! Então por que me torturar?

Mas seus instrutores continuavam tentando. Professores vinham de todo canto do mundo para tentar ensinar alguma coisa ao Rei da Fortaleza: mesmo que fosse apenas dois-vezes-dois ou de-o-dó. Mas nenhum deles conseguia o mínimo que fosse.

Foi quando a Rainha teve uma ideia.

— Vamos oferecer uma recompensa — disse ela ao Lorde Chanceler — para o professor que conseguir ensinar ao Rei um pouquinho que seja! E se, no fim de um mês, ele não tiver sucesso sua cabeça será cortada e espetada nas grades dos portões do castelo como aviso a outros professores do que acontecerá caso eles falhem.

E, como a maioria deles era pobre e a recompensa era uma grande soma de dinheiro, os professores continuaram a vir e a fracassar e a perder a esperança, bem como a cabeça. E as grades dos portões do castelo ficaram lotadas.

As coisas iam de mal a pior. Por fim, a Rainha disse ao Rei:

— Ethelbert (esse era o nome de verdade do Rei), eu acho que é melhor você deixar que eu e o Lorde Chanceler governemos o reino, pois nós temos bastante conhecimento sobre tudo!

— Mas isso não seria justo! — protestou o Rei. — Afinal, é o meu reino!

Contudo, ele acabou desistindo, pois sabia que ela era mesmo mais inteligente do que ele. Mas ele se ressentia tanto de receber ordens em seu próprio castelo, e de ter de usar um cetro todo torto porque ele sempre mastigava o cabo do melhor cetro, que continuou recebendo os professores e tentando aprender, e chorando quando via que não conseguia. Ele chorava tanto pelos professores como por ele mesmo, pois ficava tristíssimo quando via todas aquelas cabeças no portão.

Cada novo professor chegava cheio de esperança e determinação e começava tentando alguma coisa que o anterior não tivesse tentado.

— Quanto é seis mais sete, Vossa Majestade? — perguntou um jovem e belo professor que tinha vindo de uma terra distante.

E o Rei, dando tudo de si, pensou por um instante. Então se inclinou para a frente todo animado e respondeu:

— Ora, doze, é claro!

— Tsc, tsc, tsc! — fez o Lorde Chanceler, atrás do trono real.

O professor gemeu.

— Seis mais sete dá *treze*, Vossa Majestade!

– Oh, sinto *muito*! Tente outra coisa, professor, por favor! Tenho certeza de que vou acertar a próxima.

– Bem, e cinco mais oito?

– Hum... é... deixe-me ver! Não fale nada, está na ponta da língua. Sim! Cinco mais oito dá onze!

– Tsc, tsc, tsc – fez o Lorde Chanceler.

– TREZE – gritou o jovem professor, desesperado.

– Mas, meu caro, você acabou de dizer que seis mais sete são treze, então como cinco mais oito também podem ser? Não existem dois trezes, certo?

O jovem professor apenas balançou a cabeça e afrouxou o colarinho, e saiu desolado com o carrasco.

– Quer dizer que *existe* mais de um treze, então? – perguntou o Rei, aflito.

O Lorde Chanceler foi embora, cheio de desgosto.

– Sinto muito – disse o Rei para si mesmo. – Ele tinha uma carinha tão boa... É uma pena que ela tenha de ir para o portão.

E depois disso ele estudou muita aritmética, esperando que quando o próximo professor chegasse ele soubesse dar as respostas corretas.

Ficava sentado no alto da escadaria do castelo, perto da ponte levadiça, com um Livro de Tabuada sobre os joelhos, repetindo tudo aquilo para si mesmo. Enquanto podia olhar no livro, tudo corria bem, mas quando ele fechava os olhos e tentava se lembrar saía tudo errado.

— Sete vezes um, sete; sete vezes dois, trinta e três; sete vezes três, quarenta e cinco... — começou ele um dia. E quando descobriu que estava tudo errado jogou o livro fora, desgostoso, e afundou a cabeça no manto. — Não tem jeito! Não tem jeito! Eu nunca vou saber! — chorou, desesperado.

Depois, já que não podia ficar chorando para sempre, ele enxugou os olhos e recostou em seu trono de ouro. E nisso teve um pequeno sobressalto. Pois um estranho ignorara a sentinela no portão e vinha caminhando pela trilha que levava ao castelo.

— Olá — disse o Rei. — Quem é você? — pois ele não tinha boa memória para rostos.

— Bom, se é esse o ponto, quem é você? — respondeu o Estranho.

— Eu sou o Rei da Fortaleza — disse o Rei, pegando seu cetro torto e tentando parecer importante.

— E eu sou o João Moleza — foi a resposta.

O Rei arregalou os olhos, surpreso.

— É mesmo? Que interessante! É um enorme prazer conhecê-lo. Você sabe quanto é sete vezes sete?

— Não. Por que deveria saber?

Diante dessa resposta, o Rei deu um grito de alegria e, correndo escada abaixo, abraçou o Estranho.

— Até que enfim! — exclamou o Rei. — Encontrei um amigo. Você vai viver comigo. O que é meu vai ser seu. Vamos passar nossas vidas juntos!

— Mas, Ethelbert — protestou a Rainha —, é só uma pessoa comum. Ele não pode ficar aqui.

— Majestade — falou o Lorde Chanceler, muito sério —, ISSO NÃO É ACEITÁVEL.

Mas pela primeira vez o Rei o desafiou.

— É muito aceitável! — disse com toda a realeza. — Quem é o rei aqui, você ou eu?

— Bem, é claro, de certa forma, por assim dizer, o rei é *Vossa Majestade*, mas...

— Pois bem. Dê um chapéu e guizos para esse homem, e ele será meu Bobo da Corte!

— Um bobo! — exclamou a Rainha, torcendo as mãos. — Precisamos de mais um?

Mas o Rei não respondeu. Ele passou o braço pelo pescoço do Estranho e os dois saíram dançando para a porta do castelo.

— Você primeiro! — disse o Rei, gentil.

— Não, você! — falou o Estranho.

— Os dois juntos, então! — decidiu o Rei generosamente, e então saíram lado a lado.

E daquele dia em diante o Rei nunca mais tentou aprender nada. Fez uma pilha com todos os seus livros e queimou-os no pátio, dançando ao redor da fogueira com seu novo amigo e cantando:

Eu sou o Rei da Fortaleza
E você é o João Moleza!

– Essa é a única canção que você sabe cantar? – perguntou o Bobo um dia.

– Sim, acho que sim! – lamentou o Rei. – Você conhece outras?

– Oh, claro que sim! – disse o Bobo.

E cantou com uma voz doce:

– Abelhinha que voa
No céu a brilhar
Derrame algum mel
Para o nosso jantar!

E

Ondulando sobre a neve, lentas e leves
As lagostas seguiam
Vocês sabiam?

E

Meninos e meninas, saiam para brincar
Cruzando as montanhas e até o mundo acabar
A ovelha está no pasto, a vaca no curral
E abaixo vêm bebê, berço etc. e tal

– Que lindo! – exclamou o Rei, batendo palmas. – Agora, escute! Eu acabei de pensar em uma! É mais ou menos assim:

Não conheço pato
tá-tum
Que não odeie gato
tá-tum!

– Hum – disse o Bobo. – Nada mau!
– Espere! – falou o Rei. – Pensei em outra! E acho que é ainda melhor. Escute, atenção!
E ele cantou:

– Arranque uma flor bem meiga
Pegue uma estrela com a mão
Doure-as em manteiga,
melado e alcatrão
Tra-la-lão!
Que delícia que são!

– Bravo! – aplaudiu o Bobo. – Vamos cantar juntos!

E saíram dançando pelo castelo cantando as duas canções do Rei, uma depois da outra, com uma bela melodia.

E, quando esgotaram a cantoria, caíram mortos de cansados no corredor principal e ali dormiram.

– Ele está cada vez pior! – disse a Rainha ao Lorde Chanceler. – O que vamos fazer?

– Eu acabei de tomar conhecimento – respondeu o Lorde Chanceler – de que o homem mais sábio do reino, o mestre de todos os professores, chegará amanhã. Talvez ele nos ajude!

E no dia seguinte o Mestre dos Professores chegou, caminhando pomposamente pela trilha até o castelo e carregando uma pequena maleta. Caía uma chuvinha fina, mas toda a corte se reunira no topo da escadaria para saudá-lo.

– Você acha que o conhecimento dele está dentro daquela maleta? – sussurrou o Rei. Mas o Bobo, que estava jogando ossinhos ao lado do trono, apenas sorriu e continuou a brincadeira.

– Bem, se for do agrado de Vossa Majestade – disse o Mestre dos Professores, num tom muito profissional –, vamos à aritmética. Vossa Majestade consegue responder isto? Se dois homens e um menino levam uma carroça por um campo de trevos em meados de fevereiro, quantas pernas eles têm juntos?

O Rei olhou para o homem por um instante, coçando o rosto com o cetro.

O Bobo lançou um ossinho para cima e o aparou habilmente no dorso da mão.

– Isso é importante? – perguntou o Rei, sorrindo.

O Mestre dos Professores levou um susto e ficou olhando para o Rei, assombrado.

– Na verdade – falou calmamente – não. Mas então pergunto outra coisa a Vossa Majestade. Quão profundo é o mar?

– É fundo o bastante para um navio navegar.

Mais uma vez o Mestre dos Professores ficou surpreso, e sua barba comprida deu uma tremidinha. Ele estava sorrindo.

– Qual é a diferença, Majestade, entre uma pedra e uma estrela, um homem e um pássaro?

– Não há diferença nenhuma, professor. Uma pedra é uma estrela que não brilha. Um homem é um pássaro sem asas.

O Mestre dos Professores se aproximou e ficou olhando para o Rei, pensativo.

– Qual é a melhor coisa do mundo? – perguntou ele, muito calmo.

– Não fazer nada – respondeu o Rei, balançando o cetro torto.

– Oh, céus, oh, céus! – choramingou a Rainha. – ISSO É TERRÍVEL!

– Quão profundo é o mar?

— Tsc, tsc, tsc! — fez o Lorde Chanceler.

Mas o Mestre dos Professores subiu as escadas correndo e parou diante do trono do Rei.

— Quem lhe ensinou essas coisas, Majestade? — indagou.

O Rei apontou o cetro para o Bobo, que continuava jogando os ossinhos para o alto.

— Ele lá — disse o Rei, sem modos.

O Mestre dos Professores ergueu as bastas sobrancelhas. O Bobo olhou para ele e sorriu. Lançou um ossinho, e o professor, curvando-se para a frente, pegou-o com o dorso da mão.

— Ha! — ele exclamou. — Eu conheço você! Mesmo com esse chapéu e esses guizos, eu reconheço o João Moleza!

— Ha, ha! — riu-se o Bobo.

— O que mais ele lhe ensinou, Majestade? — o Mestre dos Professores voltou-se outra vez para o Rei.

— A cantar — respondeu o Rei.

E ele se levantou e cantou:

— Uma vaca branca e preta
Num salgueiro se sentou;
Se por acaso eu fosse ela
Eu jamais seria eu!

— Uma grande verdade — concordou o Mestre dos Professores. — O que mais?

O Rei cantou novamente, com uma voz agradável e um pouco trêmula:

- A Terra gira
  e não inclina
  pois o mar
  pode derramar.

- E assim é, de fato – observou o Mestre dos Professores. – Tem mais alguma?
- Oh, claro que sim! – falou o Rei, deliciado com o seu próprio sucesso. – Escute esta:

Oh, eu podia aprender
Até verde ficar
Mas não teria tempo
Nem sequer de pensar!

Ou talvez, professor, o senhor prefira:

A volta ao mundo
Não vamos dar
Pois só iríamos
Para casa voltar!

O Mestre dos Professores bateu palmas.

— Tem mais uma — disse o Rei —, se quiser escutar.

— Por favor, Majestade, cante!

E o Rei olhou para o Bobo, sorriu de um jeito travesso e cantou:

— Mestres professores
Deviam ser
Afogados
ao nascer!

O Rei terminou de cantar e o Mestre dos Professores deu uma sonora gargalhada, e caiu aos pés do Rei:

— Oh, vida eterna para o Rei — falou. — Vossa Majestade não precisa dos meus serviços!

E, sem dizer mais nada, desceu as escadas, tirou a sobrecasaca, a casaca e o colete, deitou na grama e pediu um prato de morangos com creme e uma caneca grande de cerveja.

— Tsc, tsc, tsc! — fez o Lorde Chanceler, horrorizado. Pois naquele momento todos os cortesãos estavam descendo a escadaria e tirando suas casacas e rolando pela grama molhada de chuva.

— Morangos e cerveja, morangos e cerveja! — bradavam todos, sedentos.

— Deem o prêmio para ele! — disse o Mestre dos Professores, bebendo sua cerveja com um canudinho e apontando o Bobo com a cabeça.

— Oh! — disse o Bobo. — Eu não quero prêmio nenhum. O que eu faria com isso?

E com um reboladinho ele se pôs de pé, colocou os ossinhos no bolso e foi descendo pelo caminho.

— Ei, aonde você está indo? — perguntou o Rei, aflito.

— Oh, para qualquer lugar, para todos os lugares! — disse o Bobo despreocupado, caminhando devagar.

— Espere por mim, espere por mim! — chamou o Rei, tropeçando no manto enquanto corria escada abaixo.

— Ethelbert! O que você *está* fazendo? Esqueceu quem você é? — gritou a Rainha, furiosa.

— Eu não, minha querida! — o Rei gritou de volta. — Pelo contrário, pela primeira vez estou lembrando quem eu sou!

Ele correu pela trilha, alcançou o Bobo e o abraçou.

— Ethelbert! — chamou a Rainha outra vez.

O Rei não lhe deu ouvidos.

A chuva tinha cessado, mas ainda havia um brilho úmido no ar. E então um arco-íris brotou do sol, curvando-se até o caminho do castelo.

— Acho que a gente podia ir por aqui — disse o Bobo, apontando.

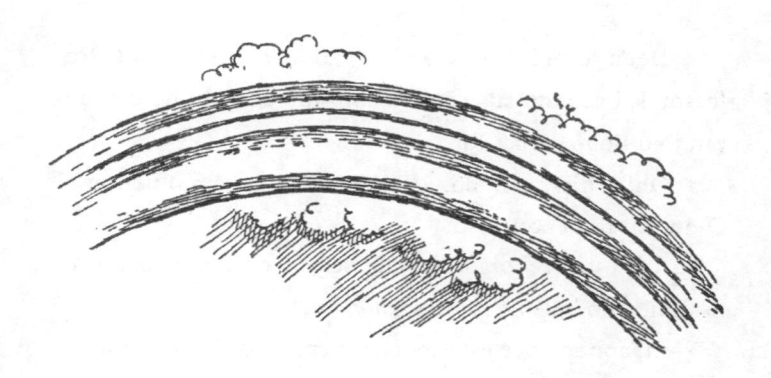

— O quê? Pelo arco-íris? É firme o bastante? Ele aguenta a gente?

— Tente!

O Rei olhou para o arco-íris e suas cintilantes faixas violeta, azul e verde, e amarelo e laranja e vermelho. Então ele olhou para o Bobo.

— Tudo bem, estou pronto! — falou. — Vamos!

E botou um pé no caminho colorido.

— Ele aguenta! — exclamou o Rei, maravilhado, e disparou arco-íris acima, segurando o manto. — Eu sou o Rei da Fortaleza! — cantou ele triunfantemente.

— E eu sou o João Moleza! — bradou o Bobo, correndo atrás dele.

— Mas... isso é impossível! — o Lorde Chanceler estava sem ar.

O Mestre dos Professores riu e comeu outro morango.

— Como uma coisa que acontece de verdade pode ser impossível? — ele perguntou.

— Mas é! Tem que ser! É contra todas as leis! — o rosto do Lorde Chanceler estava vermelho de raiva.

A Rainha deu um grito.

— Oh, Ethelbert, volte! — implorou ela. — Eu não vou mais me importar com a sua ignorância, volte!

O Rei olhou por sobre o ombro e balançou a cabeça. O Bobo riu alto. E eles continuaram subindo juntos, cada vez mais alto, arco-íris acima.

Um objeto recurvado e brilhante caiu aos pés da Rainha. Era o cetro torto. Um instante depois, veio a coroa do Rei.

Ela levantou os braços, implorando. Mas a única resposta do Rei foi uma canção, cantada em sua voz aguda e trêmula:

— Até mais, Amor,
Nem um ai, Amor,
Você é sábia
E eu também sou, Amor!

O Bobo, com um gesto de desdém, lançou um ossinho para ela. Então ele deu um ligeiro empurrão no Rei, encorajando-o a seguir em frente. O Rei pegou o manto e correu, com o Bobo em seu encalço. E assim eles foram, sempre adiante pelo reluzente caminho colorido, até que uma nuvem passou entre eles e a terra, e a Rainha, que a tudo assistia, os perdeu de vista.

"Você é sábia
E eu também sou, Amor!"

O eco da canção do Rei veio flutuando até ela. A Rainha escutou seu último fiapinho depois de o Rei ter desaparecido.

— Tsc, tsc, TSC! — fez o Lorde Chanceler. — Uma coisa dessas simplesmente NÃO É ACEITÁVEL!

Mas a Rainha sentou no trono vazio e chorou.

— Ai! — soluçou ela baixinho, com o rosto escondido nas mãos. — Meu Rei se foi e eu estou muito triste, e nada mais vai ser como antes!

Enquanto isso, o Rei e o Bobo tinham chegado ao topo do arco-íris.

— Que subida! — disse o Rei, sentando e se enrolando com o manto. — Acho que vou descansar aqui um tempinho... ou um tempão. Pode continuar!

— Você não vai se sentir sozinho? — o Bobo perguntou.

— Oh, claro que não. Por que eu deveria? É bem tranquilo e agradável aqui. E eu sempre posso pensar... ou, melhor ainda, dormir — e enquanto dizia isso se espichou pelo arco-íris, fazendo o manto de travesseiro.

O Bobo curvou-se e deu um beijo nele.

— Adeus, então, Rei — falou, suave. — Você já não precisa mais de mim.

Deixou o Rei dormindo tranquilamente e seguiu assoviando, descendo para o outro lado do arco-íris.

E de lá ele continuou sem rumo pelo mundo novamente, como antes de ter conhecido o Rei, cantando e assoviando e sem pensar em nada que não fosse o momento presente.

Ele serviu a outros reis e a gente da nobreza, e também esteve entre pessoas comuns, vivendo em pequenas ruas ou vielas. Houve momentos em que vestiu belos e ricos trajes; em outros, conheceu apenas farrapos. Mas, onde quer que fosse, levou muita sorte e boa fortuna para todos que o abrigaram.

MARY POPPINS PAROU de falar. Por um instante, suas mãos ficaram imóveis em seu colo, e seus olhos perdidos para além do lago.

Então ela suspirou, sacudiu de leve os ombros e se levantou.

— Agora pronto! — disse ela bruscamente. — Vamos andando! Já para casa!

Ela se virou e deu de cara com os olhos de Jane cravados nela.

— Você vai me reconhecer da próxima vez que me encontrar, eu espero! — comentou ela, irônica. — E você, Michael, desça já desse banco! Você quer quebrar o pescoço e me dar o trabalho de ter que chamar um guarda?

Ela afivelou o cinto dos Gêmeos no carrinho e saiu empurrando, com um movimento rápido e impaciente.

Jane e Michael foram atrás.

— Onde será que o Rei da Fortaleza foi parar quando o arco-íris desapareceu? — perguntou Michael, pensativo.

— Ele foi junto com o arco-íris, eu acho, para onde quer que o arco-íris vá — disse Jane. — Mas *eu* estou pensando em outra coisa: o que foi que aconteceu com o João Moleza?

Mary Poppins tinha levado o carrinho pela Elm Walk. E quando as crianças viraram a esquina, Michael agarrou a mão de Jane.

— Ele está ali! — exclamou alvoroçado, apontando para os portões do parque. Uma figura alta e magra, vestida num curioso traje vermelho e amarelo, gingava em direção à saída. Ele parou por um momento, assoviando, e olhou para um lado e para o outro da Cherry Tree Lane. Então ele se arrastou desengonçado até a calçada oposta e passou preguiçosamente por cima de um muro.

– É da nossa casa! – disse Jane, reconhecendo o muro pelo tijolo que desde sempre faltava. – Ele está entrando no nosso jardim. Corra, Michael, vamos alcançá-lo!

Eles ultrapassaram Mary Poppins e o carrinho num galope.

– Epa! Epa! Sem brincar de cavalinho, por favor! – falou Mary Poppins, agarrando o braço de Michael quando ele ia passando.

– Mas nós queremos... – começou ele, tentando se desvencilhar.

– *O que foi que eu disse?* – insistiu ela, com uma cara tão brava que ele não ousou desobedecer. – Ande do meu lado como uma pessoa decente, por favor. E Jane, você pode me ajudar a empurrar o carrinho!

De má vontade, Jane foi para junto dela.

Via de regra Mary Poppins não deixava ninguém além dela empurrar o carrinho. Mas naquele dia, Jane teve a impressão de que ela estava deliberadamente impedindo que eles corressem adiante. Pois ali estava Mary Poppins, que em geral caminhava tão rápido que era difícil acompanhar, indo lenta feito um caracol pela Elm Walk, estacando toda hora para olhar ao redor, e ficando pelo menos um minuto parada na frente de uma lixeira.

Finalmente, depois do que lhes pareceram horas, eles chegaram aos portões do parque. Ela os manteve ali do seu lado até chegarem ao portão do Número Dezessete. Eles então puderam se libertar dela e voaram para o jardim.

Dispararam na direção dos lilases. Ele não estava lá! Procuraram entre os arbustos e na estufa, no quarto de ferramentas e no tanque de água. Fuçaram até a mangueira d'água enrolada. O João Moleza não estava em parte alguma!

Só havia uma pessoa no jardim, e era Robertson Ay. Ele dormia profundamente bem no meio do gramado, com o rosto apoiado nas lâminas do cortador de grama.

— Nós o perdemos! — disse Michael. — Ele deve ter tomado um atalho e saído pelos fundos. Agora nunca mais vamos vê-lo novamente.

Ele virou-se para o cortador de grama.

Jane estava ao lado dele, olhando carinhosamente para Robertson Ay. O velho chapéu de feltro cobria-lhe o rosto, e o cocoruto amassado fazia uma forma engraçada, como uma ponta meio recurvada.

— Será que ele teve um bom dia de folga? — falou Michael, sussurrando para não incomodá-lo.

Mas, mesmo tendo sido baixinho, Robertson Ay deve ter escutado o sussurro. Pois de repente ele se agitou em seu sono e se ajeitou contra o cortador de grama para ficar mais confortável. E quando ele se mexeu ouviu-se um leve tilintar, como se ali bem perto houvesse guizos sacudindo.

Jane se espantou e ergueu a cabeça, olhando para Michael.

— Você ouviu isso? — sussurrou ela.

Ele fez que sim, com os olhos arregalados.

Robertson Ay se mexeu de novo e murmurou alguma coisa enquanto dormia. Eles se abaixaram para escutar.

— Uma vaca branca... — murmurava ele vagamente — num salgueiro se sentou... resmungo, resmungo, resmungo... eu jamais seria eu! Hum...!

Jane e Michael se olharam, maravilhados.

— Humpf! Deve ser bom ser ele, devo dizer!

Mary Poppins havia chegado por trás deles e também olhava para Robertson Ay.

— O preguiçoso, o folgado, o imprestável! — falou ela, irritada.

Mas ela não podia estar mesmo tão irritada quanto parecia, pois tirou o lenço do bolso e o acomodou entre o rosto de Robertson Ay e o cortador de grama.

— Estará com a cara limpa quando acordar, pelo menos. *Isso* vai ser uma surpresa para ele! — alfinetou ela.

Mas Jane e Michael perceberam o cuidado que ela tivera para não acordar Robertson Ay, e a ternura nos seus olhos quando ela se virou.

Eles foram atrás dela na ponta dos pés, fazendo sinais com a cabeça um para o outro. Um sabia que o outro compreendia.

Mary Poppins lutou com o carrinho pela escada da frente até a porta de entrada, que se fechou com um clique.

Do lado de fora, no jardim, Robertson Ay continuou dormindo.

NAQUELA NOITE, quando Jane e Michael foram dar boa-noite ao pai, o sr. Banks estava irritadíssimo. Ele estava pronto para sair para jantar, mas não conseguia encontrar sua melhor abotoadura.

— Ora, por tudo que é mais sagrado, aqui está ela! — exclamou ele de repente. — Em uma lata de tinta para forno... de todas as coisas! Isso é coisa do Robertson Ay. Ainda vou despedir esse sujeito um dia desses. Não passa de um joão-moleza!

E ele não entendeu por que Jane e Michael, quando o ouviram dizer isso, explodiram numa gargalhada tão imensa...

7. Noite de folga

Sem arroz-doce? – perguntou Michael, enquanto Mary Poppins, com o braço repleto de pratos, canecas e facas, arrumava a mesa para o lanche no quarto.

Ela se virou e olhou para ele muito séria.

– Esta – disparou ela – é minha Noite de Folga. Então vocês vão comer pão e manteiga e geleia de morango e se darão por satisfeitos. Muitos menininhos adorariam ter tudo isso para comer.

– *Eu* não – resmungou Michael. – Quero arroz-doce com mel.

– Você quer! Você quer! Você sempre quer. Se não é isso, é aquilo, e se não é aquilo é aquilo outro. Um dia desses você ainda vai pedir a Lua.

Ele colocou as mãos nos bolsos e foi emburrado até o banco perto da janela. Jane estava ajoelhada ali, admirando o céu frio e brilhante. Ele subiu para o lado dela, ainda bastante contrariado.

– Muito bem, então! Eu vou pedir *mesmo* a Lua. Pronto! – ele cuspiu de volta as palavras para Mary Poppins.

— Mas eu sei que não vão me dar. Ninguém nunca me dá nada.

Ele se desviou rapidamente do olhar furioso que ela lhe lançou.

— Jane — disse ele —, não tem arroz-doce.

— Não me atrapalhe, estou contando! — disse Jane, com o nariz contra o vidro da janela, a pontinha espremida e amassada.

— Contando o quê? — perguntou ele, sem muito interesse. Sua cabeça estava cheia de arroz-doce e mel.

— Estrelas cadentes. Olhe, ali vem outra. Já são sete. E outra! Oito. E uma ali depois do Parque... nove!

— O-o-h! E mais uma está caindo bem na chaminé do Almirante Boom! — falou Michael, sentando-se de repente e esquecendo toda a história do arroz-doce.

— E aquela pequenininha... veja!... cruzando a rua. Luzes tão frias! — exclamou Jane. — Oh, *como* eu queria que estivéssemos lá! O que faz as estrelas caírem, Mary Poppins?

— Elas tropeçam? — perguntou Michael.

Mary Poppins bufou, injuriada.

— O que vocês acham que eu sou? Uma Enciclopédia? Tudo de A a Z? — reclamou, impaciente. — Venham comer, façam o favor!

Ela os empurrou até as cadeiras e fechou a cortina.

— E chega de bobagens. Estou com pressa!

E ela os fez comer tão rápido que eles ficaram com medo de engasgar.

– Não posso pegar só mais *um* pedaço? – pediu Michael, esticando a mão para o prato de pão com manteiga.

– Não. Você já comeu mais do que devia. Pegue um biscoito de gengibre e vá para a cama.

– Mas...

– Sem mas nem meio mas, ou você vai se arrepender! – ela ameaçou.

– Eu vou passar mal, sei que vou – ele disse para Jane, mas num sussurro, pois quando Mary Poppins ficava daquele jeito era mais prudente ficar de boca fechada. Jane não deu atenção. Ela estava comendo seu biscoito de gengibre devagar, e olhando atentamente para o céu gelado através de uma fresta na cortina.

– Treze, quatorze, quinze, dezesseis...

– Eu disse ou não disse CAMA? – perguntou a conhecida voz atrás deles.

– Tudo bem, já estou indo! Já estou indo, Mary Poppins!

E eles então foram chiando para o quarto de dormir, com Mary Poppins se apressando logo atrás e parecendo Simplesmente Terrível.

Menos de meia hora depois já estavam na cama, com Mary Poppins cobrindo cada um deles e enfiando os lençóis e cobertores debaixo do colchão com pequenas, agudas e furiosas estocadas.

— Pronto! — disse ela, como se estivesse mordendo as palavras. — Chega por essa noite. E se eu escutar Uma Palavra... — ela não terminou a frase, mas seu olhar dizia tudo.

— Teremos problemas! — Michael completou. Mas ele apenas sussurrou por debaixo do cobertor, pois sabia muito bem o que poderia acontecer se falasse em voz alta. Ela escapuliu do quarto, com o avental engomado farfalhando e estalando, e fechou a porta com um estalido irritado. Eles escutaram seus passos leves correndo pela escada — tap-tap, tap-tap — de patamar em patamar.

— Ela se esqueceu de acender o abajur — disse Michael, olhando em volta pelo cantinho do travesseiro. — Deve estar mesmo com pressa. Aonde será que ela vai?

— E ela deixou a cortina aberta! — falou Jane, sentando na cama. — Oba, a gente pode ficar vendo as estrelas cadentes!

Os telhados pontudos da Cherry Tree Lane brilhavam com o gelo, e a luz da Lua descia deslizando por eles até cair silenciosamente na escuridão dos espaços entre as casas. Tudo cintilava e brilhava. A terra reluzia tanto quanto o céu.

— Dezessete, dezoito, dezenove, vinte — Jane continuava contando as estrelas que caíam. Assim que uma sumia, outra surgia, e o céu todo parecia estar vivo e dançando com o brilho das estrelas cadentes.

– Parecem fogos de artifício – disse Michael. – Olhe aquela ali! Ou um circo. Você acha que existem circos no céu, Jane?

– Não sei não! – respondeu Jane, pensativa. – Tem a Ursa Maior e a Ursa Menor, e Taurus-o-Touro e Leo-o-Leão. Mas não sei se existe um circo.

– Mary Poppins saberia – falou Michael, balançando a cabeça cheio de certeza.

– Sim, mas ela não nos contaria – disse Jane, virando de volta para a janela. – Onde eu estava? Já tinha chegado em vinte e um? Olha, Michael, que coisa *mais* linda... você está vendo?

Ela pulava agitada na cama, apontando para o céu.

Uma estrela muito brilhante, maior do que qualquer outra que tivessem visto, vinha descendo na direção da Cherry Tree Lane. Era diferente das outras, pois, em vez de apenas riscar o céu de cima a baixo, vinha girando e girando, dando piruetas de um jeito muito peculiar.

– Abaixe a cabeça, Michael! – gritou Jane de repente. – Ela está vindo para cá!

Eles se enfiaram debaixo dos cobertores e enterraram a cabeça sob os travesseiros.

– Você acha que ela foi embora? – perguntou Michael com a voz abafada. – Estou quase sufocado.

– Claro que não fui embora! – respondeu uma vozinha bem nítida. – Está pensando o quê?

Muito surpresos, Jane e Michael se descobriram e sentaram na cama. Ali, na beirada do parapeito da janela, empoleirada em sua cauda luminosa e reluzindo muito brilhante diante deles, estava a estrela cadente.

— Venham os dois, rápido! — pediu ela, reluzindo fria pelo quarto.

Michael ficou ali olhando para ela em choque.

— Mas... eu não estou entendendo... — começou ele.

Uma risadinha brilhante soou no quarto.

— Você nunca entende, não é? — falou a estrela.

— Você quer dizer... a gente ir com você? — perguntou Jane.

— É claro! E se agasalhem bem. Está frio!

Eles pularam das camas e foram correndo pegar os casacos.

— Vocês têm algum dinheiro? — a estrela perguntou de repente.

— Tenho duas moedas no bolso do casaco — disse Jane, hesitante.

— Moedas? Não vão servir! Aqui, peguem! — e com um chiado alto, como o de um foguete sendo lançado, a estrela soltou uma chuva de fagulhas. Duas delas atravessaram o quarto e pousaram, uma na mão de Jane e a outra na de Michael.

— Vamos, ou chegaremos atrasados!

A estrela chispou pelo quarto, atravessou a porta fechada e voou escada abaixo, com Jane e Michael logo atrás, segurando bem forte seu dinheiro de estrela.

— Será que estou sonhando? — disse Jane para si mesma enquanto corria pela Cherry Tree Lane.

— Sigam-me! — gritou a estrela.

E então, quando chegaram ao fim da rua, onde o céu congelado parecia ter descido até o chão, ela deu um salto no ar e desapareceu.

— Sigam-me! Sigam-me! — disse a voz de algum lugar no céu. — Daí mesmo de onde vocês estão, pisem em uma estrela!

Jane agarrou a mão de Michael e levantou o pé, hesitante. Para sua surpresa, viu que a estrela mais baixa no céu estava fácil de alcançar. Ela subiu e se equilibrou com cuidado. A estrela parecia bastante firme e sólida.

— Venha, Michael!

Eles foram correndo pelo céu congelado, saltando por sobre os abismos entre as estrelas.

— Sigam-me! — chamou a voz, agora mais longe deles.

Jane parou e, olhando para baixo, prendeu a respiração para ver quão alto eles estavam. A Cherry Tree Lane — na verdade, o mundo todo — estava tão pequena e cintilante quanto um enfeite numa árvore de Natal.

— Você está tonto, Michael? — perguntou ela, saltando para uma estrela grande e achatada.

— Nã-não. Não se você segurar a minha mão.

Eles pararam. Atrás deles, a grande escadaria de estrelas descia até o chão, mas diante deles não havia mais nada senão um grande pedaço denso e azul do céu vazio.

A mão de Michael tremia segurando a de Jane.

— O q-q-que a gente vai fazer agora? — ele perguntou, tentando não parecer tão assustado.

— Aproximem-se! Aproximem-se! Aproximem-se para ver! Paguem e escolham! O Dragão de Duas Caudas ou o Cavalo Alado! Maravilhas mágicas! Portentos universais! Aproximem-se! Aproximem-se!

Uma voz muito alta parecia estar gritando as palavras bem nos seus ouvidos. Eles olharam ao redor. Não havia ninguém por perto.

— Venham todos! Não percam o Touro Dourado e o Palhaço Engraçado! A mundialmente famosa Trupe de Constelações Amestradas! Quem vê não esquece! Afastem as cortinas e entrem!

Novamente a voz veio bem de perto. Jane estendeu a mão. Para sua surpresa, descobriu que o que parecia apenas um pedaço vazio de céu era na verdade uma cortina muito grossa e escura. Jane fez uma leve pressão e sentiu a cortina ceder; então segurou um tanto e, puxando Michael junto, abriu a cortina.

Um clarão os ofuscou por um momento. Quando conseguiram voltar a enxergar, viram que estavam diante de um picadeiro coberto por uma serragem cintilante. A grande cortina azul envolvia o picadeiro por todos os lados e estava presa no alto como uma tenda.

— Ora! Vocês sabem que quase chegaram tarde demais? Estão com seus ingressos?

Eles se viraram. Do lado deles, com os pés brilhantes reluzindo na serragem, estava um homem estranho e gigantesco. Parecia um caçador, pois tinha uma pele de leopardo estrelada sobre os ombros, e trazia no cinto, decorado com três grandes estrelas, uma espada brilhante.

— Ingressos, por favor! — ele estendeu a mão.

— Acho que não temos. Olha, a gente não sabia... — Jane tentou explicar.

— Ora, ora, que desleixo! Não posso deixar vocês entrarem sem ingresso. Mas o que é isso aí na sua mão?

Jane estendeu a fagulha dourada.

— Bom, se isso não é um ingresso, eu gostaria de saber o que é! — ele enfiou a fagulha entre as três grandes estrelas do cinto. — Mais uma para o cinturão de Órion! — comemorou.

— Então você é Órion? — disse Jane, olhando admirada para ele.

— É claro... você não sabia? Mas... desculpem-me, preciso ir lá para a porta. Entrem, por favor!

As crianças, um tanto tímidas, foram andando de mãos dadas. De um lado havia fileiras e fileiras de assentos, do outro um cordão dourado os separava do picadeiro. E o picadeiro estava cheio dos mais estranhos animais, todos brilhando como ouro. Um cavalo com enormes asas de ouro empinava sobre os cascos reluzentes. Um peixe dourado remexia a poeira brilhante do chão com suas nadadeiras. Três cabritinhos corriam frenéticos sobre duas patas em vez de quatro. E olhando mais de perto, Jane e Michael tiveram a impressão de que todos aqueles animais eram feitos de estrelas. As asas do cavalo eram de estrelas, não de penas, e os três cabritinhos tinham estrelas no nariz e na cauda, e o peixe era coberto por escamas brilhantes e estreladas.

— Boa noite! — cumprimentou o peixe, fazendo um gesto educado para Jane enquanto se agitava pelo chão. — Bela noite para um espetáculo!

Mas antes que Jane pudesse responder ele já tinha ido embora.

— Que estranho! — ela falou. — Nunca tinha visto animais como esses antes!

— Por que deveria ser estranho? — disse uma voz atrás deles.

Dois meninos, um pouco mais velhos que Jane, sorriam. Eles usavam túnicas brilhantes, e seus chapéus pontudos tinham uma estrela no lugar do pompom.

– Me desculpem – disse Jane, educada. – Mas, vejam, nós estamos acostumados a... bem... pelos e penas, e esses animais parecem feitos de estrelas.

– Mas é claro que são! – disse um dos meninos, arregalando os olhos. – Do que mais poderiam ser? São constelações!

– Mas até a serragem do chão é dourada... – falou Michael.

O outro menino riu.

– *Estrelagem*, você quer dizer! Poeira de estrela! Você nunca foi a um circo antes?

– Não desse tipo.

– Todos os circos são parecidos – disse o primeiro menino. – Nossos animais são mais brilhantes, só isso.

– Mas quem são vocês? – quis saber Michael.

– Os Gêmeos. Ele é Pólux, eu sou Cástor. Estamos sempre juntos.

– Como gêmeos siameses?

– Sim, mas um pouco mais que isso. Irmãos siameses são unidos apenas pelo corpo, mas nós temos um só coração e uma só mente para nós dois. Podemos pensar os pensamentos um do outro e sonhar os sonhos um do outro. Mas não podemos ficar aqui falando. Precisamos nos aprontar. Nos vemos mais tarde! – e correram e desapareceram por uma saída na cortina.

– Oi! – disse uma voz melancólica do fundo do picadeiro. – Por acaso vocês não teriam um pãozinho com passas no bolso?

Um dragão com duas enormes caudas escamosas veio desajeitado até eles, soltando fumaça pelas narinas.

– Não, lamento – falou Jane.

– Nem um ou dois biscoitinhos? – perguntou o Dragão avidamente.

Eles balançaram a cabeça.

– Achei mesmo que não teriam – lamentou o Dragão, deixando cair uma lágrima dourada. – É sempre assim nas noites de circo. Só me alimentam depois do espetáculo. Em dias normais eu ganho uma linda donzela no jantar...

Jane deu um passo para trás, puxando Michael junto.

– Ah, não se assuste! – continuou o Dragão, tranquilizando-a. – Você é pequena *demais*. Além disso, você é humana, e portanto não tem sabor. Eles me deixam com fome para eu fazer os meus truques melhor – explicou –, mas depois do espetáculo... – um brilho de gula surgiu em seus olhos e ele foi se afastando, passando a língua pelo focinho e fazendo "Nham-nham" com uma voz suave, gulosa e sibilante.

– Que bom que somos apenas humanos – disse Jane, virando-se para Michael. – Seria *horrível* ser comida por um dragão!

Mas Michael tinha saído de perto e estava numa conversa animada com os três cabritinhos.

– Como é? – ele estava perguntando quando Jane se aproximou.

E o Cabrito Mais Velho, que aparentemente tinha se oferecido para recitar, limpou a garganta e começou:

– Chifre e casco
Casco e chifre...

– Cabritos! – interrompeu-o a voz alta de Órion. – Vocês podem fazer o seu número quando for a sua vez. Aprontem-se, porque vamos começar! Sigam-me, por favor! – disse ele para as crianças.

Eles trotaram obedientes atrás daquela cintilante figura, e à medida que iam passando os animais dourados se viravam para olhá-los. Eles ouviram pedaços de algumas conversas pelo caminho.

– Quem são esses? – disse um Touro imenso e estrelado, que interrompeu as patadas na poeira de estrelas para observá-los. E um Leão se virou e sussurrou alguma coisa no ouvido do Touro. Jane e Michael pescaram as palavras "Banks" e "Noite de Folga", mas não mais do que isso.

A essa altura, todos os lugares de todas as fileiras estavam ocupados por figuras brilhantes e estreladas. Apenas três assentos continuavam vazios, e foi para lá que Órion os levou.

— Prontinho! Reservamos esses lugares para vocês. Bem debaixo do Camarote Real. Vocês poderão ver tudo perfeitamente. Olhem! Está começando!

Jane e Michael se viraram e viram que o picadeiro estava vazio. Os animais tinham saído enquanto eles subiam para se sentar. Eles desabotoaram os casacos e se inclinaram para a frente, animadíssimos.

De algum lugar veio uma fanfarra de trompetes. Uma explosão de música ecoou pela tenda, e por cima dela podia-se ouvir um relinchar, alto e doce.

— Os Cometas! — disse Órion, sentando-se ao lado de Michael.

Viram surgir uma cabeça ondulante e frenética, e, um depois do outro, nove Cometas galoparam para dentro do picadeiro, com as cabeleiras trançadas com ouro e plumas de prata na cabeça.

De repente a música se transformou num imenso rugido, e com uma manobra os Cometas se ajoelharam e abaixaram a cabeça. Uma lufada de calor invadiu o picadeiro.

— Que calor que está ficando! — exclamou Jane.

— Silêncio! Ele está vindo! — disse Órion.

– Quem? – sussurrou Michael.

– O Mestre do Picadeiro!

Com a cabeça, Órion indicou a entrada mais distante. Uma luz brilhava ali, eclipsando a luz das constelações. Ela foi ficando cada vez mais forte.

– Ali está ele! – a voz de Órion tinha uma curiosa suavidade.

E enquanto ele falava surgiu entre as cortinas uma figura dourada gigantesca, com cabelos que ondulavam como fogo e um rosto largo e radiante. E com ele veio uma grande onda de calor, que tomou o picadeiro e foi se espalhando cada vez mais, até cercar Jane e Michael e Órion. Sem se darem conta, entorpecidas por aquele calor, as crianças tiraram os casacos.

Órion se lançou de joelhos, estendendo a mão direita por cima da cabeça.

– Salve, Sol, salve! – saudou.

E na plateia as estrelas ecoaram o grito:

– Salve!

O Sol olhou ao redor do amplo picadeiro e, respondendo à saudação, brandiu seu chicote dourado três vezes sobre a própria cabeça, produzindo breves e secos estalos. Então os Cometas se puseram num galope curto, as caudas trançadas se agitando e as cabeças plumadas altas e eretas.

— Aqui estamos outra vez, aqui estamos outra vez! — gritou uma voz alta e rouca, e saltando no picadeiro surgiu uma figura cômica com o rosto pintado de prata, uma boca enorme e vermelha e largos babados prateados no pescoço.

— Saturno, o Palhaço! — Órion cobriu a boca com a mão e sussurrou para as crianças.

— Por que todo mundo gosta de facas? — perguntou o Palhaço para a plateia, apoiando-se de cabeça para baixo em uma das mãos.

— Porque elas não desapontam! — responderam Jane e Michael.

Um olhar decepcionado surgiu no rosto do Palhaço.

— Ah, vocês já conheciam essa! — disse ele, aborrecido. — Não é justo!

O Sol estalou o chicote.

— Tudo bem, tudo bem! — disse o Palhaço. — Tenho outra. Por que a galinha atravessou a rua? — perguntou ele, caindo sentado no chão.

— Para chegar do outro lado! — gritaram Jane e Michael.

O chicote estalou perto do joelho do Palhaço.

— O-o-h! Não faça isso! Você vai machucar o pobre Joey. Olhe só para eles rindo ali em cima! Mas eu vou dar um jeito nisso. Escutem!

Ele deu um salto mortal duplo no ar.

— Por que o elefante não pega fogo? Respondam essa!

— Porque ele já é cinza! — berraram Michael e Jane.

— Saia já daqui! — ordenou o Sol, balançando o chicote perto dos ombros do Palhaço, que saiu dando a volta no picadeiro, de ponta-cabeça, lamentando:

— Pobre Joey! Ele falhou de novo! Ele falhou de novo! Eles conhecem todas as suas melhores piadas, pobre coitado, pobre coitado... Oh, desculpe, senhora, desculpe!

Ele interrompeu seu lamento pois numa cambalhota tinha trombado com Pégaso, o Cavalo Alado, que entrava trazendo nas costas uma figura muito brilhante e lantejoulosa.

— Vênus, a Estrela da Tarde — explicou Órion.

Jane e Michael, mal respirando, assistiram à criatura estrelada cavalgar com leveza pelo picadeiro. Ela deu voltas e mais voltas, fazendo uma reverência para o Sol sempre que passava por ele. E então o Sol, pondo-se no caminho de Vênus, estendeu uma enorme argola coberta de um fino papel dourado.

Ela se equilibrou na ponta dos pés por um instante.

— Vamos! — disse o Sol, e Vênus, com a mais absoluta graça, saltou através da argola e pousou sobre o dorso de Pégaso.

— Viva! — Jane e Michael exclamaram, e as estrelas da plateia ecoaram: — Viva!

— Deixem-me tentar, deem uma chance ao pobre Joey, só uminha! — pediu o Palhaço.

Mas Vênus apenas jogou a cabeça para trás e riu, cavalgando para fora do picadeiro.

Ela mal havia desaparecido quando os Três Cabritos entraram saltitando, parecendo envergonhados e cumprimentando desajeitadamente o Sol. Então, eles se enfileiraram diante dele de pé sobre as patas traseiras e, com suas vozes altas e agudas, cantaram a seguinte canção:

— Têm chifres e cascos
Cascos e chifres têm
Toda noite
Três Cabritinhos vêm

Todos com focinhos brilhantes
Todos com rabos luzentes

Sobre o anil
A escuridão desce
E no céu noturno
Os Cabritinhos aparecem

Todos com focinhos brilhantes
Todos com rabos luzentes

São alegres e refulgem
Brancos feito algodão

E da imensa Via Láctea
Bebem sem moderação

Todos com focinhos brilhantes
Todos com rabos luzentes

E durante toda a noite
Do crepúsculo à alvorada
Pastam os Três Cabritinhos
Sobre a grama estrelada

Todos com focinhos brilhantes
Todos com rabos luze-e-e-e-entes

Eles estenderam o último verso com um longo balido e saíram do picadeiro dançando.

— O que vem agora? — perguntou Michael, mas Órion nem precisou responder, pois o Dragão já estava no picadeiro, com suas narinas fumegando e suas duas caudas escamosas levantando a estrelagem do chão. Atrás dele vinham Cástor e Pólux, trazendo um grande globo branco e brilhante, com pálidos desenhos de montanhas e rios.

— Parece a Lua — disse Jane.

— Claro que é a Lua! — falou Órion.

O Dragão ficou então de pé sobre as patas traseiras e os Gêmeos colocaram a Lua sobre o seu nariz. Ela balançou por um instante, então se equilibrou, e o Dragão começou a valsar pelo picadeiro ao som da música das estrelas. E ele girou, com muito cuidado, uma, duas, três vezes.

— Já basta! — disse o Sol, estalando o chicote. E o Dragão, com um suspiro de alívio, balançou a cabeça e fez a Lua voar pelo picadeiro. Ela caiu, com um baque surdo, bem no colo de Michael.

— Meu Deus! — disse ele, boquiaberto. — O que eu faço com isso?

— O que você quiser — disse Órion. — Pensei que você tinha pedido a Lua.

E de repente Michael se lembrou da conversa com Mary Poppins. Ele pedira a Lua, e agora acabava de ganhá-la. E não sabia o que fazer com ela. Que embaraçoso!

Mas ele não teve tempo de se preocupar com isso, pois o chicote do Sol cantou outra vez. Michael ficou ali com a Lua no colo, cruzou os braços ao redor dela e voltou a olhar para o picadeiro.

— Quanto é dois mais três? — o Sol perguntou para o Dragão.

E as duas caudas escamosas bateram cinco vezes no chão.

— E seis mais quatro?

O Dragão pensou por um minuto. Um, dois, três, quatro, cinco, seis, sete, oito, nove — e as caudas pararam.

— Está errado! — disse o Sol. — Bem errado! Vai ficar sem jantar essa noite!

O Dragão começou a chorar e saiu do picadeiro aos soluços.

— Ai, ai, ai, buá-buá! — chorava, desolado. E:

— Uma donzela eu queria
servidinha no vapor,
com olhos de estrela
e cachos de cometa —
suculenta, temperada, ai, o sabor...
E se me dessem prato em dobro eu ia adorar
pois estou morto de fome!
Ai, ai, buá-buá!

— Não vão dar nem uma donzela bem pequenininha para ele? — perguntou Michael, sentindo pena do Dragão.

– Silêncio! – disse Órion, enquanto uma figura ofuscante saltava no picadeiro.

Quando a nuvem de poeira se desfez, as crianças se encolheram, assustadas. Era o Leão e ele rugia ferozmente.

Michael chegou um pouco mais perto de Jane.

Agachado, o Leão avançou lentamente até alcançar o Sol. Sua língua comprida e vermelha pendia para fora, ameaçadora. Mas o Sol apenas riu e, erguendo o pé, chutou de leve o nariz dourado do Leão. Com um rugido, como se tivesse se queimado, a fera estrelada deu um salto.

O chicote do Sol estalou com força no ar. Lentamente, sem vontade, rugindo o tempo todo, o Leão ficou de pé nas patas traseiras. O Sol jogou uma corda de pular para ele, que a segurou com as patas dianteiras e então começou a cantar:

– Eu sou o Leão, Leo-o-Leão
O belo, bem-talhado, elegante Leão
Procure por mim céu afora
Em noites frias e estreladas, aos pés de Órion
Brilhando, cintilando, reluzindo
Sou da atmosfera o espetáculo mais lindo!

E no fim da canção ele saiu pulando corda pelo picadeiro, revirando os olhos e rugindo.

– Ande logo, Leo, é a nossa vez! – uma voz alta e rouca falou de trás da cortina.

– Vamos, gatito, rápido! – uma voz bem fininha acrescentou.

O Leão abandonou a corda e com um rugido saltou sobre a cortina, mas as duas criaturas que entraram em seguida chegaram cuidadosamente para o lado, de modo que o Leão não as pegasse.

– Ursa Maior e Ursa Menor – apresentou Órion.

As duas ursas entraram num passo pesado, de patas dadas e dançando uma valsa lenta. Percorreram todo o picadeiro, muito sérias e solenes, e quando terminaram fizeram uma mesura desajeitada para o público e recitaram:

– Somos a Ursa Rouca e a Ursa de Voz Fina,
Como podem ver
Ó Constelações, alguma de vocês há de ter
Um favo de mel que possa nos ceder
As Ursas irão agradecer
E sua toca azul escura abastecer
Ou...
Ou...
Ou...

A Ursa Maior e a Ursa Menor gaguejaram e olharam confusas uma para a outra.

– Você não se lembra do que vem depois? – roncou a Ursa Rouca por trás da pata.

– Não, não me lembro! – a Ursa de Voz Fina balançou a cabeça e olhou aflita para o chão, como se achasse que as palavras perdidas podiam estar ali.

Mas nesse momento o público salvou a situação, fazendo chover favos de mel, que rolavam sobre as orelhas das duas ursas. A Ursa Rouca e a Ursa de Voz Fina, parecendo muito aliviadas, abaixaram-se e recolheram os favos.

– Ótimo! – roncou a Ursa Maior, com o focinho enfiado num deles.

– Exce-*lente*! – esganiçou-se a Ursa Menor, comendo outro.

Então, com seus focinhos pingando mel, elas se curvaram respeitosamente para o Sol e saíram com seu passo lento e pesado.

Então, a um aceno do Sol a música soou mais alta, retumbando triunfantemente pela tenda.

– É o sinal para o Grande Desfile – disse Órion, enquanto Cástor e Pólux entravam dançando, com todas as constelações atrás deles.

As Ursas voltaram, valsando desajeitadas, e Leo-o-Leão, ainda rugindo bravio, veio farejando logo atrás. Um Cisne estrelado entrou em cena deslizando, entoando uma melodia alta e cristalina.

– O Canto do Cisne – explicou Órion.

Em seguida veio o Peixe Dourado, conduzindo os Três Cabritos por um cordão de prata, e com eles o Dragão, ainda soluçando infeliz. Um som alto e assustador quase abafou a música. Era o bramido de Taurus-o-Touro, que dava saltos no picadeiro, tentando tirar Saturno, o palhaço, de cima de suas costas. Umas depois das outras, as criaturas foram ocupando seus lugares. O picadeiro era uma massa ondulante e dourada de cascos e chifres e crinas e caudas.

– Será que acabou? – sussurrou Jane.

– Quase – respondeu Órion. – Eles estão terminando cedo hoje. Ela tem que estar de volta às dez e meia.

– Quem? – perguntaram as duas crianças. Mas Órion não escutou. Ele estava de pé na cadeira, acenando.

– Venham, rápido, andem! – ele chamou.

E então Vênus entrou cavalgando seu Cavalo Alado, seguida de uma Serpente estrelada que mordia a ponta do próprio rabo e girava pelo picadeiro como uma argola.

Por fim vieram os Cometas, empinando-se orgulhosos por entre as cortinas e balançando suas caudas trançadas. A música havia ficado mais alta e vibrante, e uma fumaça dourada subiu da estrelagem enquanto as constelações, gritando e cantando e rugindo e roncando, formavam um círculo. No centro, como se elas não ousassem chegar perto demais, deixaram um espaço livre para o Sol.

E ali o Sol se colocou, em destaque, o chicote dobrado sobre os braços, cumprimentando com um leve aceno cada animal que passava diante dele com a cabeça abaixada. E então Jane e Michael viram aquele olhar brilhante se erguer do picadeiro e vagar por toda a grande plateia de estrelas ao redor, até que se dirigiu ao Camarote Real. Sentiram o calor aumentar com seus raios caindo sobre eles, e com um sobressalto viram-no levantar o chicote e acenar com a cabeça para eles.

O chicote estalou no ar, então cada estrela e constelação se virou para eles e, num único movimento, se curvaram numa reverência.

— Elas estão... elas estão falando com *a gente*? — sussurrou Michael, apertando ainda mais forte a Lua.

Uma risada conhecida soou atrás deles. Eles se viraram imediatamente. Ali, sentada sozinha no Camarote Real, estava uma figura bem conhecida, com chapéu de palha e casaco azul e um colar dourado no pescoço.

— Salve, Mary Poppins, salve! — disse a massa de vozes do picadeiro.

Jane e Michael olharam um para o outro. Então era isso que Mary Poppins fazia nas Noites de Folga! Eles mal podiam acreditar no que viam... e, no entanto, ali *estava* Mary Poppins, em carne e osso e com um ar superior.

— Salve! — disseram todos novamente.

Ali, sentada sozinha no Camarote Real,
estava uma figura bem conhecida.

Mary Poppins levantou a mão, retribuindo o cumprimento.

Então, em passos solenes e altivos, ela saiu do camarote. Não parecia minimamente surpresa de ver Jane e Michael, mas deu uma fungadela ao passar.

— Quantas vezes já lhes disseram que ficar encarando é falta de educação? — falou para eles por cima da cabeça de Órion.

Ela passou por eles e desceu até o picadeiro. A Ursa Maior ergueu o cordão dourado para ela entrar. As constelações abriram caminho, e o Sol deu um passo para a frente. Ele falou, e sua voz tinha calor e doçura:

— Mary Poppins, minha querida, seja bem-vinda!

Mary Poppins se ajoelhou numa profunda mesura.

— Os Planetas e as Constelações a saúdam. Levante-se, minha menina!

Ela se levantou, com a cabeça respeitosamente curvada diante dele.

— Para você, Mary Poppins — prosseguiu o Sol —, as Estrelas se reuniram nesta escura tenda azul; por você, elas deixaram de iluminar o mundo esta noite. Eu creio, portanto, que você tenha gostado da sua Noite de Folga!

— Nunca tive outra melhor. Nunca! — respondeu Mary Poppins, levantando a cabeça e sorrindo.

– Querida menina! – o Sol se curvou. – Mas agora as areias do tempo anunciam que a noite avança, e você precisa estar de volta às dez e meia. Então, antes que você vá embora, vamos dançar todos juntos, em nome dos velhos tempos, a Dança do Céu que Gira!

– Desçam! – disse Órion para as crianças atônitas, dando-lhes um empurrão de leve. Elas tropeçaram pelas escadas abaixo e quase caíram no chão do picadeiro.

– E onde estão suas boas maneiras? – ralhou a conhecida voz no ouvido de Jane.

– O que eu tenho que fazer? – gaguejou Jane.

Mary Poppins olhou para ela e fez um movimento sutil na direção do Sol. E de repente Jane entendeu. Ela agarrou o braço de Michael e, ajoelhando-se, puxou-o para o chão também. O calor do Sol os envolveu com uma doçura ardente.

– Levantem-se, crianças – ele falou com ternura. – Vocês são muito bem-vindas. Eu os conheço muito bem. Foram muitos os dias de verão em que olhei para vocês lá embaixo!

Pondo-se de pé um pouco sem jeito, Jane se encaminhou para o Sol, mas seu chicote a impediu.

– Não toque em mim, criança da terra! – gritou ele em tom de aviso, fazendo um gesto para que se afastasse. – A vida é doce e nenhum humano pode se aproximar do Sol... Não toque em mim!

– Mas você é o Sol de verdade? – quis saber Michael, olhando bem para ele.

O Sol levantou a mão.

– Ó Estrelas e Constelações – falou –, digam-me. Quem sou eu? Esta criança poderia saber?

– O Senhor das Estrelas, ó Sol! – responderam mil vozes estelares.

– Ele é o Rei do Sul e do Norte – bradou Órion –, e o Soberano do Leste e do Oeste. Ele caminha pelos limites do mundo, e os Polos derretem em sua glória. Ele faz nascer a folha da semente e cobre a terra com carinho. Ele é realmente o Sol.

O Sol sorriu para Michael.

– Agora você acredita?

Michael fez que sim com a cabeça.

– Então, comecemos! E vocês, Constelações, escolham seus parceiros!

O Sol brandiu seu chicote. A música principiou novamente, muito ligeira e alegre e dançante. Michael acompanhava o ritmo com os pés enquanto apertava a Lua forte nos braços. Mas talvez tenha sido um pouco forte demais, pois de repente ouviram um estalo alto, e a Lua começou a minguar.

– Oh! Oh! Olhem o que está acontecendo! – gritou Michael, quase chorando.

A Lua foi murchando, murchando, até que ficou pequena como uma bolhinha de sabão, então sobrou apenas uma nuvenzinha luminosa, e depois... as mãos de Michael se fecharam sobre o vazio.

– Não era uma Lua de verdade, não é? – ele perguntou.

Jane se virou para o Sol, mirando-o através da poeira de estrelas como se ele tivesse a resposta.

Ele jogou sua cabeça chamejante para trás e sorriu para ela.

– O que é de verdade e o que não é? Você pode me dizer? Ou eu dizer a você? Talvez nunca saibamos mais do que isto: que pensar em uma coisa é torná-la verdadeira. E assim, se Michael pensava que tinha a Lua nos braços, ora, então ele tinha mesmo.

– Então – disse Jane, pensativa – é verdade que nós estamos aqui hoje ou apenas pensamos que estamos?

O Sol sorriu, um pouco triste desta vez.

– Menina – disse ele –, não queira saber demais! Desde o começo do mundo toda a humanidade faz essa pergunta. E eu, que sou o Senhor do Céu, mesmo eu não sei respondê-la. A única certeza que tenho é que esta é a Noite de Folga, que as Constelações estão brilhando nos seus olhos e que é verdade se você pensa que é...

– Venham, venham dançar conosco, Jane e Michael! – chamaram os Gêmeos.

E Jane se esqueceu da pergunta conforme os quatro foram dançando para o picadeiro, no tempo da maravilhosa música que tocava. Mal tinham chegado à metade do picadeiro, porém, quando, num espanto, ela estacou, imóvel.

– Olhem! Olhem! Ela está dançando com ele!

Michael seguiu seu olhar e ficou imóvel sobre as perninhas gordas e curtas.

Mary Poppins e o Sol estavam dançando juntos. Mas não como Jane e Michael estavam dançando com os Gêmeos, corpo com corpo, pé com pé. Mary Poppins e o Sol não encostavam um no outro, mas valsavam de braços abertos, um diante do outro, mantendo o ritmo perfeito apesar do espaço entre eles.

Ao redor deles rodopiavam as constelações: Vênus abraçada ao pescoço de Pégaso, o Touro e o Leão de braços dados, e os Três Cabritos saltitando, bem alinhados numa fila. Aquele movimento brilhante ofuscava os olhos das crianças, que ficaram ali paradas admirando.

Então, de repente, a dança foi ficando mais lenta, e a música acabou. O Sol e Mary Poppins pararam, juntos mas separados. E ao mesmo tempo todos os animais também, e ficaram quietos em seus lugares. Todo o picadeiro estava em silêncio.

O Sol falou.

– Chegou a hora – disse ele calmamente. – Voltem para os seus lugares no céu, minhas estrelas e constelações. Voltem para casa e descansem, meus três queridos mortais. Mary Poppins, boa noite! Eu não digo adeus porque sei que vamos nos encontrar novamente. Mas, por algum tempo, me despeço!

Então, com um movimento amplo e gracioso da cabeça, o Sol chegou um pouco para a frente e se aproximou de

Mary Poppins. E, com grande respeito e muito cuidado, roçou o rosto dela com os lábios, de leve e rapidamente.

— Ah! — exclamaram as Constelações, invejando aquela sorte. — O Beijo! O Beijo!

Mary Poppins imediatamente levou a mão ao rosto, como se o beijo a queimasse. Uma expressão de dor atravessou seu rosto por um instante. Então, com um sorriso, ela olhou para o Sol.

— Até logo! — disse ela delicadamente, com um tom de voz que Jane e Michael nunca haviam visto ela usar.

— Vão! — exclamou o Sol, estendendo o chicote.

E, obedientemente, as Constelações começaram a deixar o picadeiro. Cástor e Pólux uniram os braços protegendo as crianças, para que a Ursa Maior não esbarrasse nelas com seus movimentos desajeitados, nem os chifres do Touro as arranhassem, nem o Leão as machucasse. Mas nos ouvidos de Jane e Michael os sons do picadeiro foram ficando cada vez mais fracos e distantes. As cabeças das crianças caíram para o lado, pesadas sobre os ombros. Outros braços as envolveram e, como em um sonho, elas escutaram a voz de Vênus dizer:

— Deixem que eu cuido delas! Sou a Estrela-Guia. Eu levo o cordeiro até o cercado e a criança para a Mãe.

Elas se entregaram aos braços que as embalaram, balançando levemente como um barco com a maré. Para um lado e para o outro, para um lado e para o outro...

Uma luz passou por seus olhos. Era o Dragão brilhando ao partir ou a vela do quarto derretendo?

Para um lado e para o outro, para um lado e para o outro...

Eles se aninharam em uma quentura suave e gostosa. Era o calor do Sol que os envolvia? Ou edredons?

"Acho que é o Sol" pensou Jane, sonhadora.

"Acho que é o meu edredom" pensou Michael.

E uma voz muito distante, como um sonho, como um sopro, dizia vaga, vagamente:

— É o que você pensar que é. Até logo... Até logo...

MICHAEL ACORDOU com um grito. Ele tinha se lembrado de repente:

— Meu casaco! Deixei meu casaco embaixo do Camarote Real!

Ele abriu os olhos. Viu a pintura de pato que decorava o pé da sua cama. Viu o friso da lareira com o relógio e a tigela de porcelana pintada e o vidro de geleia cheio de folhas. E viu, pendurado no gancho de sempre, seu casaco com o chapéu por cima.

— Mas onde estão as estrelas? — perguntou, sentando na cama de olhos arregalados. — Eu quero as estrelas e as constelações!

— Oh, é mesmo? — disse Mary Poppins, entrando no quarto, engomada e aprumada em seu avental branco. — Só isso? Por que não pede a Lua também?

— Mas eu pedi! — ele a lembrou, impaciente. — E ganhei também! Mas apertei muito forte e ela plodiu!

— Explodiu!

— Tudo bem, explodiu!

— Bobagem! — falou Mary Poppins, jogando o roupão para ele.

— Já é de manhã? — disse Jane, despertando e olhando pelo quarto muito surpresa de se ver na própria cama. — Mas como a gente voltou? Eu estava dançando com as estrelas gêmeas, Cástor e Pólux...

— Vocês e essas estrelas — resmungou Mary Poppins, puxando os cobertores. — Eu vou é transformar vocês em estrelas bem agora. Vamos lá, todo mundo fora da cama na velocidade do cometa. Já estou atrasada.

— Imagino que você tenha dançado muito ontem — disse Michael, saindo das cobertas de má vontade.

— Dançado? Humpf, tenho sim muitas oportunidades para dançar... cuidando das cinco piores crianças do mundo!

Mary Poppins fungou. Tinha um ar de dó de si mesma e parecia não ter dormido o bastante.

— Mas você não foi dançar... na sua Noite de Folga? — perguntou Jane. Pois ela se lembrava muito bem de como Mary Poppins e o Sol tinham valsado juntos no centro do picadeiro coberto de estrelagem.

Mary Poppins arregalou os olhos.

— Eu espero — observou ela, empertigando-se com altivez — ter um programa melhor nas minhas Noites de Folga do que ficar girando como um cata-vento.

— Mas eu vi! — insistiu Jane. — Lá no céu. Você saltou do Camarote Real e foi dançar no picadeiro.

Prendendo a respiração, ela e Michael olharam para Mary Poppins, cujo rosto lentamente ia ficando vermelho de fúria.

— Você — disse ela — deve ter tido um belo pesadelo, é tudo o que tenho a dizer. Ora veja se alguém já soube de mim numa cena dessas! Eu, uma pessoa na minha posição, saltei de um...

— Mas eu tive o mesmo pesadelo — interrompeu Michael —, e foi ótimo. Eu estava no céu com Jane e vi você!

— Como, saltando?

— Hum... sim... e dançando.

— No céu?

Ele tremeu quando Mary Poppins chegou mais perto. Seu rosto era sombrio e assustador.

— Mais um insulto... — ameaçou ela —, *mais um*, e vocês vão dançar no canto de castigo. Estou avisando!

Ele então tratou de olhar para o outro lado, amarrando o roupão, e Mary Poppins, com seu avental crepitando de raiva, marchou pelo quarto para acordar os Gêmeos.

Jane sentou na cama e ficou olhando enquanto ela se curvava sobre as caminhas.

Michael calçou lentamente os chinelos e suspirou:

— A gente *deve* ter sonhado mesmo — concluiu com tristeza. — Queria que tivesse sido verdade.

— Mas *foi* verdade — disse Jane num sussurro cuidadoso, sem tirar os olhos de Mary Poppins.

— Como você sabe? Você tem certeza?

— Claro. Olhe! — Mary Poppins estava inclinada sobre a cama de Barbara. Com a cabeça, Jane apontou:

— Olhe o rosto dela — falou baixinho no ouvido de Michael.

Michael examinou o rosto de May Poppins. Lá estava o cabelo preto preso atrás das orelhas, os olhos azuis feito os de uma boneca holandesa, e lá estavam o nariz arrebitado e as bochechas rosadas.

— Não vejo nada... — ele ia começando a dizer, mas logo parou. Porque então, quando Mary Poppins se virou, ele viu o que Jane tinha visto.

Bem no meio de uma das bochechas, brilhava uma pequena marca de queimadura. E, olhando com mais atenção, Michael percebeu que ela tinha um formato curioso: era redonda, com um contorno todo ondulado, como fogo, parecendo um sol muito pequeno.

— Viu só? — sussurrou Jane. — Foi onde ele beijou.

Michael concordou com a cabeça — uma, duas, três vezes.

— Sim — ele disse, bem quieto e olhando para Mary Poppins. — Estou vendo, estou vendo...

8. Balões e balões

—Eu estava aqui pensando, Mary Poppins — disse a sra. Banks, entrando apressada no quarto das crianças uma manhã —, se você teria tempo para fazer compras para mim?

E ela deu um sorriso doce e nervoso para Mary Poppins, como se estivesse incerta quanto à resposta que receberia.

Mary Poppins virou-se da lareira, onde estava secando as roupas de Annabel.

— Talvez — respondeu ela, de um modo não muito encorajador.

— Oh, entendo... — disse a sra. Banks, que pareceu então mais nervosa do que nunca.

— Ou... talvez não — continuou Mary Poppins, sacudindo energicamente um casaco de lã e o pendurando sobre o guarda-fogo.

— Bem, caso você *tenha* tempo, aqui está a lista, e uma libra. E se sobrar alguma coisa, pode gastar!

A sra. Banks colocou o dinheiro sobre a cômoda.

Mary Poppins não disse nada. Apenas fungou.

– Ah, sim! – falou a sra. Banks, subitamente se lembrando de algo. – Hoje, os Gêmeos vão ter de caminhar, Mary Poppins. Robertson Ay sentou no carrinho esta manhã. Confundiu com uma poltrona... Enfim, vai precisar ser consertado. Você dá conta sem ele, e ainda levar Annabel no colo?

Mary Poppins abriu e fechou a boca com um estalo.

– Eu posso dar conta de tudo – respondeu ela muito séria –, e de até mais, se quiser.

– Eu... eu sei! – disse a sra. Banks, encaminhando-se para a porta. – Você é um tesouro... um perfeito tesouro... um tesouro absolutamente completo e maravi...

A voz da sra. Banks desapareceu à medida que ela se apressava pelas escadas.

– E, no entanto, às vezes queria que ela não fosse! – ponderou a sra. Banks diante do retrato de sua bisavó, enquanto tirava o pó da sala de estar. – Ela faz com que eu me sinta pequena e boba, como se eu fosse uma garotinha. E eu não sou!

A sra. Banks ergueu a cabeça e tirou uma poeirinha da vaca malhada que ficava no aparador da lareira.

– Sou uma pessoa muito importante e mãe de cinco filhos. Ela se esquece disso! – e prosseguiu em seu trabalho pensando nas coisas que gostaria de dizer para Mary Poppins, mas sabendo o tempo todo que jamais ousaria.

Mary Poppins colocou a lista e a nota de uma libra na bolsa, e em minutos tinha prendido o chapéu na cabeça e saía de casa com Annabel nos braços e Jane e Michael, cada um levando um dos Gêmeos pela mão, acompanhando seus passos rápidos como podiam.

— Vamos andando, por favor! — ela ordenou, voltando-se muito séria para os dois.

Jane e Michael apertaram o passo, arrastando os pobres Gêmeos pela calçada. Eles mal se davam conta de que os braços de John e Barbara estavam sendo praticamente arrancados. Pensavam apenas que tinham de acompanhar o ritmo de Mary Poppins e descobrir o que ela faria com o troco da nota de uma libra.

— Dois pacotes de velas, dois quilos de arroz, um de açúcar mascavo e três de açúcar branco; duas latas de sopa de tomate e uma escova de lareira, um par de luvas de limpeza, meia peça de cera para lacre, um saco de farinha, um acendedor de fogo, duas caixas de fósforos, duas couves-flores e um maço de ruibarbo!

Mary Poppins, adentrando a primeira loja depois do Parque, leu a lista em voz alta.

O Dono do Armazém, um homem gordo e careca e um tanto resfolegante, anotou o pedido tão rápido quanto pôde.

— Um saco de luvas de limpeza... — conferiu ele, depois de lamber nervosamente o lado errado do seu pequeno lápis rombudo.

— De farinha, eu disse! — Mary Poppins lembrou-o secamente.

O Dono do Armazém ficou vermelho como um tomate.

— Oh, sinto muito! Me desculpe. Que dia lindo, não é mesmo? Falha minha. Um saco de lu... quer dizer, farinha.

Ele rabiscou rapidamente e acrescentou:

— Duas caixas de escova de lareira...

— De fósforos! — corrigiu Mary Poppins.

As mãos do homem tremiam em cima do bloco de anotações.

— Oh, mas é claro. Deve ser o lápis... está escrevendo tudo errado. Preciso de um novo. Fósforos, é claro! E em seguida...? — ele dirigiu os olhos aflitos para Mary Poppins e, então, novamente ao toco de lápis.

Mary Poppins, desdobrando a lista, leu-a mais uma vez, impaciente e irritada.

— Desculpe — disse o Dono do Armazém, quando ela chegou ao fim —, mas o ruibarbo acabou. Serve ameixa?

— Definitivamente não. Um pacote de tapioca.

— Ah, não, Mary Poppins... tapioca não. Já comemos na semana passada — Michael lembrou.

Ela olhou para ele e então para o Dono do Armazém, e, pela expressão em seus olhos, ambos entenderam que não havia esperança. Era tapioca e pronto. O homem, corando ainda mais, foi buscar.

– Não vai sobrar nada de troco se ela continuar comprando assim – disse Jane, observando a pilha de coisas que só aumentava sobre o balcão.

– Talvez dê para um saquinho de balas, mas só – disse Michael lamentosamente, enquanto Mary Poppins tirava a nota de uma libra da bolsa.

– Obrigada – disse ela ao receber o troco.

– Eu que agradeço – respondeu ele educado, apoiando os braços no balcão.

Sorriu para ela de uma forma que pretendia ser amável, e prosseguiu:

– Continua lindo e agradável, não é? – ele falou orgulhoso, como se possuísse total controle do tempo e tivesse mandado fazer um dia de sol para ela.

– Nós queremos chuva! – disse Mary Poppins, fechando a boca e a bolsa com um só estalo.

– Claro – ele concordou apressadamente, como se procurasse não a aborrecer. – Chuva é sempre agradável.

– Nunca é! – devolveu Mary Poppins, jogando Annabel ligeiramente para cima para ajeitá-la melhor no colo.

O desânimo tomou o rosto do Dono do Armazém. Não acertava *um* comentário.

– Espero – observou ele, abrindo a porta gentilmente para Mary Poppins – que tenhamos o prazer de recebê-la novamente, madame.

— Tenha um bom dia! — despediu-se Mary Poppins.

O Dono do Armazém suspirou.

— Aqui — disse ele, remexendo apressadamente numa caixa perto da porta. — Tomem. Não queria ofendê-la, não mesmo. Minha intenção era apenas agradar.

Jane e Michael estenderam as mãos. O Dono do Armazém colocou três gotas de chocolate na mão de Michael e duas na de Jane.

— Uma para cada um de vocês e os dois pequenos, e uma para... — com um meneio da cabeça ele indicou Mary Poppins, que batia em retirada — ...ela!

Eles agradeceram e correram atrás de Mary Poppins, mastigando barulhentamente suas gotas de chocolate.

— O que vocês estão comendo? — ela quis saber quando viu o contorno escuro na boca de Michael.

— Chocolate. O Dono do Armazém deu uma gota para cada um. E uma para você — ele mostrou a que tinha sobrado. Estava toda grudenta.

— Que impertinência a daquele homem! — censurou Mary Poppins, mas pegou o chocolate e comeu-o em dois bocados, como quem tivesse se deliciado.

— Sobrou algum troco? — perguntou Michael, ansioso.

— Sobrou o que deveria sobrar.

Ela entrou na perfumaria e saiu com uma barra de sabonete, um emplastro de semente de mostarda e um tubo de pasta de dente.

Jane e Michael, que tinham ficado esperando com os Gêmeos na porta, suspiraram desanimados.

A nota de uma libra, tinham certeza, desaparecia rapidamente.

— Não vai sobrar nem para comprar um selo... e, ainda que sobre, *isso* não vai ser nada divertido — disse Jane.

— E agora vamos para a loja do sr. Tip! — disparou Mary Poppins, balançando a sacola da perfumaria e a bolsa numa das mãos e segurando Annabel firmemente na outra.

— Mas o que a gente pode comprar *lá*? — Michael estava ficando desesperado, pois já não se ouvia muito tilintar na bolsa de Mary Poppins.

— Carvão, dois quilos e meio — respondeu ela, se apressando em frente.

— E quanto custa o carvão?

— Duas libras o quilo.

— Mas... Mary Poppins! A gente não pode comprar *isso*! — Michael olhava fixo para ela, transtornado.

— Vamos botar na conta.

Foi tal o alívio para Jane e Michael que eles saltaram ao lado dela, arrastando John e Barbara.

— Bem, e agora acabamos? — perguntou Michael, quando o sr. Tip e seus carvões tinham sido finalmente deixados para trás.

— Confeitaria! — disse Mary Poppins, examinando a lista e marchando para dentro de uma porta escura. Pela vitrine, eles a viram apontar para uma pilha de macarons. O atendente lhe entregou um pacote grande.

— Ela comprou uma dúzia, pelo menos — disse Jane desolada. Geralmente, ver alguém comprando macarons era algo que os enchia de felicidade, mas naquele dia eles só queriam que não existissem macarons no mundo.

— E *agora*, para onde? — quis saber Michael, saltando de uma perna para a outra, ansioso para saber se ainda restava alguma coisa da nota de uma libra. Ele tinha quase certeza de que não havia restado nada, mas ainda alimentava alguma esperança.

— Para casa — respondeu Mary Poppins.

Eles ficaram arrasados. Não havia restado troco, afinal, nadinha — pois, caso houvesse, Mary Poppins gastaria. Ela, porém, ao amontoar o pacote de macarons junto com Annabel e marchar adiante, tinha no rosto um tal olhar que eles não ousaram fazer qualquer comentário. Apenas sentiam, naquele momento, que ela os desapontara, e que não podiam perdoá-la.

— Mas... esse não é o caminho para casa — queixou-se Michael, arrastando os pés e a ponta dos pés pela calçada.

— O Parque por acaso não está no caminho de casa? — perguntou Mary Poppins, virando-se impaciente para ele.

— Sim... mas...

— Há mais de um caminho dentro de um Parque — informou ela, levando-os a um lugar que eles jamais tinham visto.

O sol brilhava com um calor delicioso. As árvores altas se curvavam sobre as cercas, e suas folhas farfalhavam. Nos galhos, dois pardais brigavam por um graveto. Um esquilo veio saltando pelas balaustradas de pedra e se sentou nas patas traseiras, pedindo nozes.

Naquele dia, porém, essas coisas não tinham importância. Jane e Michael não estavam interessados. Só conseguiam pensar que Mary Poppins tinha gastado toda a nota de uma libra em coisas irrelevantes e que não tinha sobrado nada de troco.

Cansados e desapontados, eles foram se arrastando atrás dela até os portões.

Na entrada — uma entrada que eles não conheciam — havia um arco de pedra muito alto, esplendidamente talhado com um leão e um unicórnio. E sob o arco estava uma mulher muito, muito velha, com o rosto tão cinza quanto a pedra e tão enrugado e envelhecido quanto uma casca de noz. Sobre os joelhos velhos e pequenos ela tinha uma bandeja cheia do que pareciam ser pequenas tiras coloridas de borracha e, acima de sua cabeça, amarrado firmemente ao gradil do Parque, um bando de balões brilhantes boiava no ar, balançando, rebatendo e bailando.

— Balões, balões! — gritou Jane. E, livrando-se dos dedos grudentos de John, ela correu na direção da velha senhora.

Michael foi pulando atrás dela, deixando Barbara sozinha, perdida no meio da calçada.

— Olá, meus bonitinhos! — disse a Senhora dos Balões com uma voz falhada. — Qual vão querer? Escolham! Fiquem à vontade! — Ela se inclinou para a frente e sacudiu a bandeja para eles.

— Estamos só olhando — explicou Jane. — Não temos dinheiro.

— Ai, ai, ai! E de que serve *olhar* um balão? Vocês precisam sentir o balão, segurar o balão, *conhecer* o balão! Só olhando! Como isso pode ser bom?

A voz da velha senhora crepitava como uma chama bem fraca. Ela se balançava no seu banquinho.

Jane e Michael olharam para ela impotentes. Eles sabiam que ela tinha razão. Mas o que eles podiam fazer?

— Quando eu era menina — a velha senhora prosseguiu —, as pessoas realmente *entendiam* os balões. Elas não vinham e apenas olhavam. Elas pegavam... sim, elas *pegavam*! Não tinha uma criança que passasse por esses portões sem levar um. Eles não ofenderiam a Senhora dos Balões apenas olhando e indo embora!

Ela virou a cabeça e olhou para os balões que se remexiam ali atrás.

— Ah, meus amores queridos! — lamentou ela. — Eles não entendem mais vocês... ninguém além de uma velha senhora entende. Vocês estão fora de moda. Ninguém mais quer vocês!

— Nós *queremos* um — disse Michael, firme. — Mas não temos dinheiro. *Ela* gastou toda a nota de uma libra com...

— E quem é "ela"? — perguntou uma voz bem atrás dele.

Ele se virou e seu rosto corou.

— Quero dizer... hum... que você... hum... — começou ele, nervoso.

– Fale com educação sobre os que cuidam de você! – repreendeu Mary Poppins e, estendendo o braço por cima dele, depositou meia-coroa na bandeja da Senhora dos Balões.

Michael olhou para a moeda, que reluzia no meio dos balões murchos.

– Ah, então tinha sobrado troco! – disse Jane, desejando não ter ficado tão zangada com Mary Poppins.

A Senhora dos Balões, com os olhos brilhando, pegou a moeda e a observou por um longo instante.

– Não vejo uma dessas desde criança – exclamou ela.

Ela se virou para Mary Poppins.

– Quer um balão, mocinha?

– Por *gentileza*! – disse Mary Poppins, com toda a sua educação.

– Quantos, minha querida, quantos?

– Quatro!

Jane e Michael, mal se aguentando, se viraram abraçando Mary Poppins.

– Oh, Mary Poppins, está falando sério? Um balão para cada um?

– Eu sempre falo sério – disse ela, muito convicta e orgulhosa.

Eles se jogaram em cima da bandeja e começaram a revirar as caixinhas de balões coloridos.

A Senhora dos Balões guardou a moeda de prata no bolso da saia.

— Aqui, minha joia! — disse ela, dando um tapinha carinhoso no bolso. Então, com as mãos trêmulas e felizes, ajudou as crianças a remexer as caixinhas.

— Tenham cuidado, meus bonitinhos! — ela pediu. — Lembrem-se, existem balões *e* balões, e um para cada pessoa! Escolham sem pressa. Muitas crianças já escolheram o balão errado, e a vida delas nunca mais foi a mesma.

— Vou ficar com este aqui! — disse Michael, pegando um amarelo com bolinhas vermelhas.

— Bem, deixe-me enchê-lo, e você pode ver se esse é o certo! — disse a Senhora dos Balões.

Ela o pegou e, com um sopro muito forte, o encheu. Zip! E pronto. Você não imaginaria que uma pessoinha daquele tamanho tivesse tanto fôlego. O balão amarelo, com seus belos detalhes vermelhos, dançou na ponta do cordão.

— Olha só! — disse Michael, surpreso. — Tem meu nome nele!

E, não restava dúvida, os pontinhos vermelhos no balão eram as letras que formavam as duas palavras: MICHAEL BANKS.

— Ahá! — riu a Senhora dos Balões. — O que foi que eu disse? Você escolheu com calma, e escolheu bem!

— Veja se o meu está certo também! — disse Jane, entregando para ela um balão azul vazio.

Ela soprou, encheu-o e, na bola cheia e azul, surgiram as palavras JANE CAROLINE BANKS em grandes letras brancas.

— É esse o seu nome, bonitinha? — perguntou a Senhora dos Balões.

Jane assentiu.

A Senhora dos Balões riu para si mesma, uma risada fininha e falhada, parecida com um cacarejo, enquanto Jane pegava o balão e o sacudia no ar.

— Eu! Eu! — gritaram John e Barbara, mergulhando as mãos gordinhas na bandeja. John pegou um cor-de-rosa, e, depois de enchê-lo, a Senhora dos Balões sorriu. Contornando o balão podiam ser vistas claramente as palavras JOHN E BARBARA BANKS — UM SÓ PARA OS DOIS PORQUE SÃO GÊMEOS.

— Mas — disse Jane — eu não entendo. Como você sabia? Você nunca viu a gente antes.

— Ah, minha bonitinha, eu não disse que existem balões *e* balões, e que esses eram muito especiais?

— Mas você colocou nossos nomes neles? — perguntou Michael.

— Eu? — a velha senhora deu uma risadinha. — Eu não!

— Então quem foi?

— Pergunte outra coisa, minha bonitinha! Tudo que sei é que os nomes *estão* lá! E existe um balão para cada pessoa no mundo, desde que se escolha direitinho.

— Tem um para Mary Poppins também?

A Senhora dos Balões ergueu a cabeça e olhou para Mary Poppins com um sorriso curioso.

— Deixe-a tentar! — ela se balançou no banquinho. — Escolha sem pressa! Escolha e veja!

Mary Poppins fungou cheia de importância. Sua mão pairou por um instante sobre os balões vazios, e então agarrou um vermelho. Ela o segurou com o braço esticado e, para a surpresa das crianças, o balão começou a encher sozinho, lentamente. Foi enchendo mais e mais, até que ficou do tamanho do de Michael. Mas não parou por aí: encheu ainda mais, até ficar três vezes maior do que qualquer outro balão. E então surgiram em letras douradas as duas palavras: MARY POPPINS.

O balão vermelho quicou no ar. A velha senhora amarrou um cordão nele e, com uma risadinha, devolveu-o a Mary Poppins.

No alto, no ar que dançava, os quatro balões dançavam também. Eles repuxavam seus cordões, como se quisessem se libertar de suas amarras. O vento os embalava e os fazia flutuar para trás e para a frente, para o Norte, Sul, Leste e Oeste.

– Balões *e* balões, meus bonitinhos! Um para cada pessoa no mundo – gritava feliz a Senhora dos Balões.

Naquele momento, um senhor de idade com uma cartola, adentrando os portões do Parque, viu os balões. As crianças perceberam que ele teve um ligeiro sobressalto. E então ele correu até a Senhora dos Balões.

– Quanto é? – perguntou, tilintando o dinheiro no bolso.

– Sete *pence* e meio. Escolha sem pressa!

Ele pegou um balão marrom, e a Senhora dos Balões o encheu. As palavras O HONORÁVEL WILLIAM WETHERILL WILKINS surgiram em letras verdes.

– Oh, céus! – surpreendeu-se o homem. – Céus, é o meu nome!

– Você escolheu bem, queridinho. Balões *e* balões! – explicou a velha senhora.

O senhor ficou olhando o balão que boiava na ponta do cordão.

– Extraordinário! – e ele assoou o nariz com um som de trompete. – Quarenta anos atrás, quando eu era menino, quis comprar um balão bem aqui. Mas não deixaram. Disseram que não tinham dinheiro. Quarenta anos, e ele estava esperando por mim esse tempo todo. Extraordinário!

E ele se foi, trombando com o arco da entrada porque não tirava os olhos do balão. As crianças o viram dar alegres pulinhos no ar enquanto continuava seu caminho.

— Olhem só para ele! — gritou Michael enquanto os saltos do velho senhor iam cada vez mais alto.

Naquele instante, porém, seu próprio balão começou a puxar o cordão, e Michael sentiu que seus pés estavam saindo do chão.

— Opa, opa! Que engraçado! O meu também está fazendo a mesma coisa!

— Balões e balões, meus bonitinhos! — disse a Senhora dos Balões, e irrompeu em uma risada requebradinha, enquanto os Gêmeos, que seguravam seu balão por um só cordão, flutuaram também.

— Estou indo, estou indo! — gritou Jane, enquanto era carregada para o alto.

— Para casa, por favor! — falou Mary Poppins.

Imediatamente, o balão vermelho subiu, arrastando Mary Poppins. Ela flutuou subindo e descendo, com Annabel e as compras nos braços. Pelos portões e por cima do Parque, o balão vermelho foi levando Mary Poppins, com seu chapéu bem-ajeitado, o cabelo impecável e os pés caminhando no ar com a mesma firmeza com que andavam no chão. Jane e Michael e os Gêmeos, levados aos trancos por seus balões, a seguiam.

— Oh! Oh! Oh! — exclamava Jane ao passar rodopiando por um galho de um elmo. — Que sensação *deliciosa*!

— É como se eu fosse feito de ar! — disse Michael, quicando em um banco do Parque e subindo novamente. — Que jeito maravilhoso de ir para casa!

— O-o-oh! E-e-eh! — os Gêmeos davam gritinhos, girando e balançando juntos.

— Vamos andando, por favor, não enrolem! — ordenou Mary Poppins, olhando duro por sobre o ombro, como se eles estivessem se arrastando pelo chão, e não sendo levados pelo ar.

Passando pela casa do Zelador do Parque, eles seguiram pela Lime Walk. O Velho Senhor ia flutuando bem na frente deles.

Michael olhou para trás por um instante.

— Olhe, Jane, olhe! Todo mundo tem um balão!

Jane se virou. Lá longe, um grupo de pessoas, todas com balões, subia e descia aos trancos no ar.

— O Sorveteiro comprou um! — exclamou ela, de olhos arregalados e quase batendo numa estátua.

— Sim, e o Limpador de Chaminés! E ali... Olhe! É a srta. Lark!

Cruzando o gramado, uma figura conhecida vinha voando, de chapéu e luva, segurando um balão que trazia o nome LUCINDA EMILY LARK. Ela flutuou pela Elm Walk, muito satisfeita e distinta, e desapareceu ao contornar uma fonte.

A essa altura, o Parque estava cheio de gente. Todos tinham um balão com seu nome e flutuavam pelo ar.

— Içar, içar! Abram caminho para o Almirante! Onde está o meu porto? Içar! — rugiu uma voz rouca e náutica, enquanto o Almirante e a sra. Boom marolavam pelo ar. Eles seguravam o cordão de um imenso balão branco com seus nomes escritos em letras azuis.

— Mastros e mezenas! Berbigões e camarões! Rebocar, meus queridos! — rugia o Almirante Boom, desviando cuidadosamente de um carvalho imenso.

A multidão de balões e pessoas aumentou. Mal havia um cantinho no ar sobre o Parque que não estivesse colorido de balões. Jane e Michael viam Mary Poppins costurando seu caminho com precisão entre eles, e também se apressavam através da multidão, com John e Barbara logo atrás.

— Oh, céus! Oh, céus! Meu balão não quer subir comigo. Devo ter escolhido o balão errado! — lamentou uma voz ali perto.

Uma mulher de aparência antiquada, com uma pena no chapéu e plumas no pescoço, estava no chão logo abaixo de Jane. A seus pés havia um balão cor-de-rosa no qual se lia, em letras douradas, PRIMEIRO-MINISTRO.

— O que devo fazer? — perguntou ela. — A velha senhora no portão disse "Escolha sem pressa, minha queridinha!", e eu fiz isso, mas escolhi o errado. *Eu* não sou o Primeiro-Ministro!

— Mas eu sou, com licença! — disse uma voz ao seu lado. Um homem muito elegante e alto, que trazia um guarda-chuva fechado, aproximou-se dela.

A mulher se virou.

— Oh, então esse é o seu balão! Deixe-me ver se você ficou com o meu!

O Primeiro-Ministro, que também estava com o balão errado, mostrou-o para ela. O nome escrito era LADY MURIEL BRIGHTON-JONES.

— Ah, está com você! Nós trocamos! — exclamou ela, e, entregando o balão do Primeiro-Ministro, pegou o dela. Ambos flutuaram no mesmo instante e saíram pairando por entre as árvores, conversando pelo caminho.

— Você é casado? — Jane e Michael ouviram Lady Muriel perguntar.

E o Primeiro-Ministro respondeu:

— Não, não consigo encontrar a mulher certa: nem tão jovem, nem tão velha, e de preferência divertida, pois eu já sou sério demais.

— Que tal eu? — falou Lady Muriel Brighton-Jones. — Sei me divertir bastante.

— Sim, você, acho que seria ótimo — disse o Primeiro-Ministro e, de mãos dadas, eles se misturaram à multidão flutuante.

A essa altura, o Parque estava realmente abarrotado de gente. Jane e Michael, cruzando os ares sobre os gramados atrás de Mary Poppins, a todo tempo esbarravam em outras pessoas com seus balões, comprados com a Senhora dos Balões. Um homem alto, de bigode comprido, paletó azul e capacete, vinha arrastado pelo ar por um balão em que se liam as palavras INSPETOR DE POLÍCIA; outro, com a palavra PREFEITO, levava uma pessoa gorda e redonda com um chapéu de três pontas, casaco vermelho e um enorme colar de metal.

– Circulando, por favor! Não lotem o Parque. Observem o regulamento! Todo o lixo deve ser descartado nas lixeiras!

O Zelador do Parque, rugindo e vociferando, e segurando um pequeno balão cor de cereja escrito F. SMITH, abria caminho pela multidão. Com um movimento de mão, ele afastou dois cachorros: um buldogue com a palavra BU

escrita em seu balão e um fox terrier cujo nome parecia ser ALBERTINE.

— Deixe meus cães em paz! Ou vou anotar seu número e registrar queixa! — exclamou uma senhora cujo balão dizia ser a DUQUESA DE MAYFIELD.

Mas o Zelador do Parque não deu a mínima e continuou circulando por ali subindo e descendo e gritando até ficar rouco:

— Todos os cães na coleira! Não lotem o Parque! Proibido fumar! Atenção ao regulamento!

— Onde está Mary Poppins? — perguntou Michael, indo para perto de Jane.

— Ali! Bem na nossa frente! — respondeu ela, apontando para a figura alinhada e impecável que flutuava na ponta do maior balão do Parque. Eles a seguiram para casa.

— Balões *e* balões, meus bonitinhos! — apregoou uma voz falhada atrás deles.

E, virando-se, Jane e Michael deram de cara com a Senhora dos Balões. Sua bandeja estava vazia e não havia nenhum balão perto dela; porém, mesmo assim, ela voava como se uma centena de balões invisíveis a estivessem levando.

— Todos vendidos! — comemorou ela quando passou por eles. — Existe um balão para cada um que saiba disso. Eles escolheram sem pressa! E eu vendi todos! Balões *e* balões.

A essa altura, o Parque estava realmente abarrotado de gente.

Seus bolsos tilintaram ricamente. Parados ali no ar por um instante, Jane e Michael viram a mulher muito murcha e miúda ultrapassar todos aqueles balões que flutuavam, o Primeiro-Ministro e o Prefeito, Mary Poppins e Annabel, até ir ficando cada vez menor e menor, e então a Senhora dos Balões desapareceu na distância.

— Balões *e* balões, meus bonitinhos! — o eco chegava baixinho até eles.

— Vamos andando, vamos! — ordenou Mary Poppins. As crianças se reuniram ao seu redor. Annabel, embalada pelo movimento do balão de Mary Poppins, aninhou-se em seu colo e dormiu.

O portão do Número Dezessete estava aberto, e a porta da frente, entreaberta. Mary Poppins, saltitando empertigada e oscilando com primorosa elegância, flutuou escada acima. As crianças foram atrás, tropeçando pelo ar. E quando alcançaram a porta do quarto, os quatro pares de pés bateram ruidosamente no chão. Mary Poppins desceu flutuando e pousou sem um ruído.

— Oh, que tarde *adorável*! — disse Jane, correndo de braços abertos para Mary Poppins.

— Bem, mais do que *vocês* estão, neste exato momento. Penteiem o cabelo, por favor. Não gosto de espantalhos — disse Mary Poppins secamente.

— Sinto como se eu mesmo fosse um balão — disse Michael em êxtase. — Todo livre e leve como o vento!

— Sinto muito que o vento se pareça com você! — retorquiu Mary Poppins. — Vá lavar as mãos. Você está parecendo um limpador de chaminés!

Quando eles voltaram, limpos e arrumados, os quatro balões estavam imóveis contra o teto, com os cordões bem-amarrados atrás do quadro sobre o aparador da lareira.

Michael olhou para todos eles: para o seu, amarelo, o azul de Jane, o cor-de-rosa dos Gêmeos e o vermelho de Mary Poppins. Estavam imóveis. Nenhum ventinho os agitava. Leves e brilhantes, quietos e parados, encostados no teto.

— Será? — disse Michael baixinho, um pouco para si mesmo.

— Será o quê? — perguntou Mary Poppins, arrumando as compras.

— Será que tudo isso teria acontecido se você não estivesse com a gente?

Mary Poppins fungou.

— Eu não teria que saber se será se você não tivesse tantos "serás"! — respondeu ela.

E Michael teve que se dar por satisfeito com essa resposta.

9. Nellie-Rubina

–**P**arece que nunca vai parar... nunca!

Jane pôs de lado seu volume de *Robinson Crusoé* e olhou melancólica pela janela.

A neve caía sem trégua, descendo em flocos grandes e fofos, cobrindo o Parque e a calçada e as casas da Cherry Tree Lane com seu manto branco e espesso. Não parava de nevar havia uma semana e, durante todo esse tempo, as crianças não tinham conseguido sair de casa uma única vez.

— Eu não ligo... não muito — disse Michael, sentado no chão, brincando com os animais de sua Arca de Noé. — Podemos ser esquimós e comer baleias.

— Besta! Como podemos caçar baleias se está nevando demais até para ir comprar pastilhas para tosse?

— Talvez elas venham até aqui. As baleias vêm, às vezes — explicou ele.

— Como você sabe?

— Bem, eu não *sei* exatamente. Mas elas poderiam, eu acho. Jane, onde está a outra girafa? Ah, está aqui, debaixo do tigre!

Ele colocou as duas girafas juntas na Arca. E canta-rolou:

— Os animais entram de dois em dois,
O elefante e o boi.

E, por não ter um boi, ele fez um antílope entrar com o elefante, e o sr. e a sra. Noé logo atrás, para manter a ordem.

— Por que será que eles nunca têm família? — ele comentou.

— *Quem?* — perguntou Jane impaciente, pois não queria ser incomodada.

— Os Noés. Nunca vi os Noés com uma filha ou um filho, um tio ou uma tia. Por quê?

— Porque eles não têm — cortou Jane. — Agora fique quieto.

— Puxa, era só uma pergunta. Não posso fazer uma pergunta quando tenho vontade?

Agora *ele* estava começando a ficar irritado, e muito cansado de estar confinado no quarto. Ele se levantou meio sem jeito e andou cheio de pose até Jane.

— Eu só disse que... — ele começou, chateando, sacudindo a mão com que Jane segurava o livro. Foi quando a paciência de Jane acabou, e ela atirou o livro longe.

— Como você se atreve a me atrapalhar desse jeito? — gritou ela, voltando-se contra Michael.

— Como você se atreve a não me deixar fazer uma pergunta?

— Eu não fiz isso!

— Fez sim!

E no instante seguinte, Jane estava sacudindo Michael furiosamente pelos ombros, enquanto ele puxava seu cabelo.

— O QUE ESTÁ ACONTECENDO AQUI?

Mary Poppins estava parada na porta, furiosa.

Eles se puseram a choramingar.

— Ela me s-s-s-s-sacudiu! — chorou Michael, ao mesmo tempo que olhava cheio de culpa para Mary Poppins.

— Ele p-p-puxou o meu cabelo! — soluçou Jane, escondendo a cabeça sob os braços, pois não tinha coragem de encarar o olhar duro de Mary Poppins.

Mary Poppins entrou pisando firme. Carregava uma pilha de casacos, gorros e protetores de orelha, e os Gêmeos, muito interessados naquela cena, vinham logo atrás.

— Eu preferia — ela disse, aborrecida — ter que cuidar de uma família de canibais. Eles seriam mais civilizados!

— Mas ela me s-s-s-sacudiu! — Michael insistiu.

— Dedo-duro não tem futuro! — cantarolou Mary Poppins. — E não ouse responder! — ela ameaçou, pois ele ensaiou protestar. E então lançou o casaco de Michael para ele. — Vistam-se, por favor! Vamos sair!

— Sair?

Eles mal podiam acreditar no que ouviam! E ao som daquela palavra toda a irritação e a briga sumiram. Michael, abotoando as ceroulas, sentia-se mal por ter provocado Jane e olhou para ela, que sorria para ele enquanto vestia o gorro de lã.

— Eba! Eba! Eba! — comemoraram eles, sapateando e batendo palmas com as mãos enfiadas nas luvas.

— Canibais! — disse Mary Poppins contrariada, enquanto os fazia descer a escada à sua frente.

A neve parara de cair, mas formava enormes montes por todo o jardim; mais adiante, no Parque, ela cobria tudo como um espesso e branco cobertor. Os galhos nus das cerejeiras estavam revestidos de uma brilhante camada de neve, e a cerca do Parque, antes verde e fina, era agora branca e fofa.

Pela trilha do jardim, Robertson Ay puxava languidamente sua pá e parava a cada metro para descansar. Vestia um velho casaco do sr. Banks, grande demais para ele. Assim que limpava a neve de um pedaço do caminho, o casaco, que se arrastava atrás dele, varria a neve de volta para onde estava antes.

Mas as crianças passaram correndo por ele e até o portão, gritando e sacudindo os braços.

Lá fora, na rua, todo mundo que morava ali parecia ter saído para tomar um pouco de ar.

— Olá, marinheiros! — trovejou a voz rouca do Almirante Boom, cumprimentando todos com um aperto de mão. Ele estava coberto dos pés à cabeça com um capote impermeável, e seu nariz estava mais vermelho do que jamais haviam visto.

— Bom dia! — disseram Jane e Michael, educados.

— Bombordo e estibordo! — exclamou o Almirante. — Não acho que *isso* seja um bom dia. Hur-rrrrrumpf! Um dia horrível, de ventos desfavoráveis e encalhado, eu diria. Por que a Primavera não chega? Digam-me!

— Andrew! Willoughby! Fiquem perto da mamãe!

A srta. Lark, toda empacotada e abafada num longo casaco de pele e usando um chapéu de pele que mais parecia uma capa de bule de chá, caminhava com seus dois cachorros.

— Bom dia a todos! — ela cumprimentou com estardalhaço. — *Que* tempo! *Onde* está o sol? E *por que* a Primavera não chega?

— Não pergunte para mim, senhora! — bradou o Almirante Boom. — Não é assunto meu. A senhora deveria ir para o mar. Clima sempre bom, lá. Vá para o mar!

— Oh, Almirante Boom, não posso fazer isso! Não tenho esse tempo. Saí só para comprar casaquinhos de pele para Andrew e Willoughby!

Os dois cachorros se olharam constrangidos e horrorizados.

— Casacos de pele! — rugiu o Almirante. — Que meus binóculos explodam! Casacos de pele para dois vira-latas? Içar! A bombordo! Levantar âncora! Casacos de pele!

— Almirante, Almirante! — escandalizou-se a srta. Lark, cobrindo os ouvidos com as mãos. — Que *linguajar*! Por favor, lembre-se de que não estou acostumada a isso. E meus cães *não* são vira-latas. De forma alguma! Um tem *pedigree*, e o outro ao menos tem um bom coração. Vira-latas, ora essa!

E afastou-se apressada, falando sozinha numa voz aguda e exaltada, com Andrew e Willoughby logo atrás, andando meio de lado, balançando o rabo e parecendo bastante desconfortáveis e encabulados.

O Sorveteiro passou pedalando em sua bicicleta a uma incrível velocidade e tocando o sino desbragadamente.

"NÃO PAREM PARA COMPRAR OU ACABO PEGANDO UM RESFRIADO", dizia o cartaz na frente do carrinho.

— Quando é que essa Primavera chega? — ele gritou para o Limpador de Chaminés, que naquele instante virou a esquina se arrastando. Para se proteger do frio, ele tinha se abraçado às escovas, de modo que parecia mais um porco-espinho do que um homem.

— Brrrrrr! Brrrrrrr! — a voz do Limpador de Chaminés veio de trás das escovas.

— O que foi? — perguntou o Sorveteiro.

— Brrrrrr! — concluiu o Limpador de Chaminés, desaparecendo pela entrada de serviço da srta. Lark.

No portão do Parque estava o Zelador, que sacudia os braços e batia os pés e soprava as mãos.

— Era bom um pouquinho de Primavera, não? — disse ele alegremente para Mary Poppins, enquanto ela e as crianças passavam.

— Estou *bem* satisfeita — respondeu Mary Poppins, seca, empertigando-se.

— Satisfeita *consigo mesma*, eu diria — murmurou o Zelador. Mas, como ele falou com a mão na frente da boca, apenas Jane e Michael escutaram.

Michael foi embromando e ficando para trás. Ele se abaixou e pegou um punhado de neve e fez uma bola entre as mãos.

— Jane! — chamou ele com malícia. — Eu tenho uma coisinha para você!

Ela se virou, e a bola de neve, zunindo no ar, bateu no seu ombro. Com um gritinho, ela começou a remexer a neve, e então bolas começaram a atravessar o ar em todas as direções. E, por entre as rajadas cintilantes de bolas de neve, caminhava Mary Poppins, muito elegante e impecável, pensando como estava bela com suas grandes luvas de lã e seu casaco de pele de coelho.

E justo quando ela estava pensando isso uma enorme bola de neve raspou a aba de seu chapéu e aterrissou bem no meio de seu nariz.

– Oh! – gritou Michael, levando as mãos à boca. – Eu não queria, Mary Poppins! Não mesmo! Era para acertar a Jane.

Mary Poppins virou-se, e sua expressão, por entre a bola de neve despedaçada, era terrível.

– Mary Poppins – disse ele com sinceridade. – Desculpa. Foi um cidente!

– Cidente ou não – rebateu ela –, é o fim de *suas* bolas de neve. Cidente, lógico! Um selvagem teria melhores modos!

Ela espanou os restos da bola de neve do pescoço e os transformou numa bolinha entre as mãos enluvadas. Em seguida, lançou a bola através do gramado coberto de neve e foi atrás dela pisando firme.

– Agora você conseguiu – sussurrou Jane.

– Eu não queria – Michael sussurrou de volta.

– Eu sei. Mas você sabe como ela é!

Mary Poppins, chegando até o lugar onde a bola de neve caíra, pegou-a e a jogou de novo, em um longo e poderoso lançamento.

– Aonde ela vai? – disse Michael subitamente. Pois a bola de neve estava rodopiando por entre as árvores e, em vez de seguir pelo caminho do Parque, Mary Poppins estava correndo atrás dela. Vez por outra desviava da neve que caía dos galhos. – Nem consigo acompanhar direito! – falou, tropeçando nos próprios pés.

Mary Poppins apertou o passo ainda mais. As crianças arquejavam atrás dela. E, quando enfim chegaram até a bola de neve, estavam do lado da mais estranha construção que já haviam visto.

– Não me lembro de ter visto essa casa antes! – exclamou Jane, com os olhos arregalados.

– Parece mais a Arca de Noé do que uma casa – disse Michael, maravilhado.

A casa estava fincada na neve, amarrada ao tronco de uma árvore por uma corda grossa. Ao redor, como uma varanda, corria um longo e estreito deque, e o telhado alto e pontiagudo era pintado de um vermelho muito vivo. Mas a coisa mais estranha era que, embora tivesse muitas janelas, não tinha nenhuma porta.

– Onde a gente *está*? – disse Jane, cheia de curiosidade e animação.

Mary Poppins não respondeu. Ela foi andando pelo deque e parou diante de um aviso que dizia:

BATA TRÊS VEZES E MEIA

— Como se bate meia vez? — Michael sussurrou para Jane.

— Shhh! — fez ela, apontando com a cabeça na direção de Mary Poppins. E aquele gesto dizia claramente: "Estamos prestes a viver uma aventura. Não estrague tudo fazendo perguntas!"

Mary Poppins, pegando a aldrava logo acima do aviso, bateu três vezes contra a parede. Então, segurando-a entre o indicador e o dedão de sua luva de lã, aplicou um toque mínimo, discreto, singelo e gentilíssimo:

PÁ! PÁ! PÁ!... PÁ.

Imediatamente, como se estivesse escutando o tempo todo e estivesse apenas à espera daquele sinal, o telhado se abriu.

— Meu Deus do céu! — Michael não pôde conter a exclamação quando o vento produzido pelo telhado quase arrancou o seu chapéu.

Mary Poppins caminhou até o fim do estreito deque e começou a subir uma escada pequena e íngreme. No topo, ela se virou e, com um ar muito solene e importante, chamou com o indicador enluvado:

— Subam, por favor!

As quatro crianças foram imediatamente.

— Pulem! — exclamou Mary Poppins, saltando do topo da escada para dentro da casa. Ela se virou e agarrou os Gêmeos, que vinham com Jane e Michael logo atrás. E assim que estavam todos sãos e salvos do lado de dentro, o telhado se fechou outra vez, trancando-se com um leve estalo.

Eles olharam ao redor. Quatro pares de olhos muito arregalados.

— Que sala *mais* engraçada! — exclamou Jane.

Mas era na verdade bem mais do que engraçada. Era extraordinária. A única peça de mobília de que ela dispunha era um enorme balcão que corria de uma ponta a outra da sala. As paredes eram caiadas e, apoiadas nelas, havia pilhas de madeira cortada na forma de árvores e galhos, todos pintados de verde. Pequenos pedacinhos de madeira parecidos com folhas, recém-pintados e polidos, estavam espalhados pelo chão. E, pelas paredes, muitos avisos diziam:

TINTA FRESCA!

ou

NÃO TOQUE!

Mas isso não era tudo.

Em um canto havia um rebanho de ovelhas de madeira com a lã ainda úmida de tinta. Apinhados em outro canto, pequenos conjuntos de flores – acônitos amarelos, galantos brancos e lírios azuis reluzentes. Todos pareciam muito brilhantes e grudentos, como se tivessem acabado de ser envernizados. Assim como os pássaros de madeira e as borboletas arrumadas com esmero num terceiro canto. Assim como as nuvens brancas e achatadas apoiadas no balcão.

Mas um enorme pote que estava numa prateleira no fundo da sala não estava pintado. Ele era feito de vidro verde e estava cheio até a borda com centenas de pecinhas pequenas e achatadas de todos os tipos e cores.

– Você tem razão, Jane! – disse Michael, de olhos bem abertos. – É uma sala engraçada!

– Engraçada! – resmungou Mary Poppins, como se ele tivesse ofendido alguém.

– Bem... curiosa.

– CURIOSA?

Michael hesitou. Não conseguia encontrar uma palavra mais apropriada.

— O que eu queria dizer era...

— Acho que é uma sala adorável, Mary Poppins... — disse Jane, tentando salvá-lo.

— Sim, é — concordou Michael, muito aliviado. E acrescentou providencialmente: — E acho que você fica muito bem com esse chapéu.

Ele a observou com atenção. Sim, sua expressão estava um pouquinho mais leve — até se insinuava o ligeiro início de um sorriso vaidoso em sua boca.

— Humpf! — fez ela, e então se virou para o fundo da sala e chamou: — Nellie-Rubina! Onde você está? Nós chegamos!

— Estou indo! Estou indo!

A voz mais alta e fina que eles já tinham ouvido parecia vir de sob o balcão. E, então, do mesmo lugar de onde veio a voz, surgiu uma cabeça, coberta por um pequeno chapéu achatado. Atrás deles veio um corpo redondo e muito sólido que segurava, numa das mãos, uma lata de tinta vermelha e, na outra, uma tulipa de madeira.

Sim, sem dúvida, pensaram Jane e Michael, aquela era a pessoa mais estranha que já tinham visto.

Pelo rosto e pelo tamanho, ela parecia ser bem jovem, mas de algum modo era como se fosse feita não de carne, mas de madeira. Seu cabelo preto e reluzente parecia ter sido entalhado em sua cabeça e depois pintado. Os olhos eram como pequenos buracos escuros escavados em seu rosto, e sem dúvida aquela rodela rosa brilhante nas suas bochechas era tinta!

— Bem, srta. Poppins! — disse essa curiosa pessoa, sorrindo com seus cintilantes lábios vermelhos. — Que *gentileza* da sua parte! — e, deixando de lado a tinta e a tulipa, ela deu a volta no balcão e cumprimentou Mary Poppins com um aperto de mão.

Foi então que as crianças viram que ela não tinha pernas! Ela era um bloco maciço da cintura para baixo e se movia girando um disco redondo e achatado que ficava no lugar dos pés.

— De forma alguma, Nellie-Rubina — Mary Poppins retribuiu o cumprimento com uma delicadeza incomum. — É um prazer e uma alegria!

— Estávamos mesmo esperando você, claro — prosseguiu Nellie-Rubina —, pois precisamos de uma ajuda com os... — ela interrompeu-se, pois não apenas Mary Poppins lhe dirigira um olhar de alerta, como ela própria notou a presença das crianças.

— Oh — exclamou ela com sua voz aguda e amigável. — Você trouxe Jane e Michael! E os Gêmeos também. Que surpresa! — ela rodou até eles e apertou as mãos de todos um tanto desajeitadamente.

— Você sabe quem a gente é? — perguntou Michael, olhando para ela impressionado.

— Oh, mas é claro que sim! — ela deu um gritinho alegre. — Ouvi meu pai e minha mãe falarem de vocês várias vezes. Prazer conhecê-los — ela riu e apertou as mãos de todos mais uma vez.

— Eu estava pensando, Nellie-Rubina — disse Mary Poppins —, que talvez você pudesse oferecer alguns gramas de Conversas.

— Claro! — Nellie-Rubina sorriu e rodou até o balcão. — Fazer qualquer coisa por *você*, Mary Poppins, é uma honra e uma alegria!

— Mas a gente pode ter conversas medidas em gramas? — perguntou Jane.

— Claro que sim! E em quilos também, até toneladas, se você quiser!

Nellie-Rubina parou então de falar. Ela ergueu os braços para pegar o enorme pote na prateleira, mas eles eram curtos demais para alcançá-lo.

— Tsc, tsc, tsc! Não estão compridos o bastante. Preciso acrescentar mais um pedacinho. Até lá vou pedir para o meu tio pegar o pote. Tio Dodger! Tio Dod-GER!

Essas últimas palavras ela gritou por uma porta que ficava atrás do balcão, e imediatamente uma pessoa muito estranha apareceu.

Ele era tão rotundo como Nellie-Rubina, mas muito mais velho e com um rosto mais triste. Também tinha um chapeuzinho achatado na cabeça, e seu paletó estava abotoado sobre um peito que parecia tão feito de madeira quanto o de Nellie-Rubina. E Jane e Michael puderam ver, no momento em que seu avental balançou para o lado, que, assim como a sobrinha, ele era um bloco inteiriço da cintura para baixo. Estava segurando um cuco de madeira pintado de cinza pela metade, e havia manchas da mesma cor em seu nariz.

— Você me chamou, minha cara? — perguntou ele num tom suave e respeitoso.

Então ele viu Mary Poppins.

— Ah, aqui está você, finalmente, srta. Poppins! Nellie-Rubina ficará *muito* feliz. Ela estava esperando a senhorita para nos ajudar com o...

Ele viu as crianças e parou de falar.

— Oh, peço perdão. Não sabia que tínhamos companhia, minha cara! Eu vou sair e terminar este pássaro...

— Não vai, não, Tio Dodger! — disse Nellie-Rubina rispidamente. — Quero as Conversas aqui embaixo. Você teria a bondade?

Embora ela tivesse um rosto simpático e alegre, as crianças perceberam que ela falava com o tio mais dando ordens que pedindo favores.

O Tio Dodger deu um salto para a frente tão ágil quanto possível para alguém que não tem pernas.

— Mas é claro, minha cara, é claro! — ele ergueu os braços meio desengonçado e colocou o pote no balcão.

— Na minha frente, por favor! — ordenou Nellie-Rubina com desdém.

Nervosamente, o Tio Dodger chegou o pote para mais perto dela.

— Aqui, minha cara, mil perdões!

— *Essas* são as Conversas? — perguntou Jane, apontando para o pote. — Parecem mais balinhas.

— E são, senhorita! São balinhas de Conversa — explicou o Tio Dodger, limpando a poeira do pote com o avental.

— E tem quem coma essas balinhas? — perguntou Michael.

O Tio Dodger, olhando quase com medo para Nellie-Rubina, debruçou-se no balcão:

— *Tem* sim — ele sussurrou pondo a mão na frente da boca. — Mas eu não, já que sou só um tio de consideração. Mas ela... — ele acenou com a cabeça indicando respeitosamente a sobrinha — ...ela é a Primogênita e Descendente Direta!

Nem Jane nem Michael compreenderam do que ele falava, mas concordaram educadamente.

— E agora — exclamou Nellie-Rubina com alegria, abrindo a tampa do pote. — Quem vai escolher primeiro?

Jane enfiou a mão no pote e tirou uma balinha em forma de estrela, parecida com uma hortelã.

— Tem uma coisa escrita nela! — exclamou.

Nellie-Rubina guinchou uma risada.

— É claro que tem! É uma Conversa! Leia.

— "Você é meu sonho" — Jane leu em voz alta.

— Que *ótimo*! — retiniu Nellie-Rubina, empurrando o pote na direção de Michael. Ele puxou uma balinha rosa em forma de concha.

— "Eu amo você. Você me ama?" — ele leu.

— Hahaha! Essa é boa! Sim, amo! — Nellie-Rubina riu alto e deu-lhe um beijo rápido, deixando uma mancha grudenta de tinta em seu rosto.

Na Conversa amarela de John se lia "Bom-bombonzinho!", e na de Barbara, "Estrelinha linda do céu".

— E você é mesmo! — respondeu Nellie-Rubina, sorrindo para ela por cima do balcão.

— Agora você, Mary Poppins! — e, enquanto Nellie-Rubina inclinava o pote para ela, Jane e Michael perceberam que elas trocaram um olhar curioso, como se estivessem dizendo algo uma para a outra.

Mary Poppins tirou a luva de lã e, fechando os olhos, pôs a mão no pote e remexeu as Conversas. Então seus dedos pegaram uma branca, em formato de meia-lua, que ela segurou diante de si.

— Dez da noite hoje — disse Jane, lendo a inscrição em voz alta.

Tio Dodger esfregou as mãos.

— Ótimo! É bem a hora que...

— Tio Dod-GER! — exclamou Nellie-Rubina, em tom de aviso.

O sorriso morreu em seu rosto e o deixou ainda mais triste do que antes.

— Desculpe, minha cara! — disse ele humildemente. — Sou um homem de idade, e às vezes digo o que não devo... mil perdões — ele parecia muito envergonhado, mas Jane e Michael não conseguiam entender o que ele havia feito de tão errado.

— Bem — disse Mary Poppins, guardando a Conversa cuidadosamente em sua bolsa de mão —, com sua licença, Nellie-Rubina, acho que é melhor partirmos!

— Oh, mesmo? — Nellie-Rubina deslizou de leve sobre o seu disco. — Foi uma enorme Satisfação! Mas, sim — ela olhou pela janela —, pode começar a nevar outra vez, e vocês ficariam presos aqui. E vocês não iriam gostar nada disso, certo? — ela trinou, olhando para as crianças.

— Eu ia — disse Michael, com firmeza. — Eu ia adorar. E aí talvez descobrisse para que servem aquelas coisas — ele apontou para os galhos, a ovelha, os pássaros e as flores pintadas.

— Essas coisas? Ah, é só decoração — disse Nellie-Rubina, com um gesto de mão que indicava pouca importância.

— Mas o que você faz com elas?

Tio Dodger se debruçou no balcão, entusiasmado:

— Bem, nós levamos lá para fora e...

— Tio Dod-GER! — os olhos negros de Nellie-Rubina o fulminaram, ameaçadores.

— Oh, minha cara! Lá ia eu de novo. Sempre falando fora de hora. Estou muito velho, é isso — lamentou o Tio Dodger, sorumbático.

Nellie-Rubina lançou-lhe um olhar irritado. Então voltou-se com um sorriso para as crianças:

— Adeus — disse ela, apertando-lhes as mãos. — Vou me lembrar das nossas Conversas: "Você é meu sonho", "Eu amo você", "Bom-bombonzinho" e "Estrelinha linda do céu"!

— Você se esqueceu da Conversa da Mary Poppins. É "Dez da noite hoje" — Michael lembrou.

— Ah, mas *ela* não vai esquecer! — disse o Tio Dodger, sorrindo com alegria.

— Tio Dod-GER!

— Oh, mil perdões, mil perdões!

— Adeus! — disse Mary Poppins. Ela deu tapinhas cheios de importância na bolsa e trocou outro olhar estranho com Nellie-Rubina.

— Adeus, adeus!

Quando Jane e Michael pensaram naquilo mais tarde, não conseguiram se lembrar de como tinham saído daquela sala tão peculiar. Num instante estavam lá dentro se despedindo de Nellie-Rubina, e no instante seguinte já estavam novamente do lado de fora, na neve, chupando suas Conversas e se afobando atrás de Mary Poppins.

— Sabe, Michael — disse Jane —, acho que aquela balinha era uma mensagem.

— Qual, a minha?

— Não, a de Mary Poppins.

— Você quer dizer que...?

— Acho que alguma coisa vai acontecer às dez da noite hoje e eu vou ficar acordada para ver.

— Então eu vou também — disse Michael.

— Vamos andando, por favor! Passo firme! — disse Mary Poppins. — Não tenho o dia *todo*...

JANE ESTAVA SONHANDO profundamente. E em seu sonho alguém chamava seu nome com uma voz baixinha e urgente. Ela se sentou com um sobressalto e encontrou Michael ao seu lado de pijama.

— Você disse que ia ficar acordada! — sussurrou ele em tom de acusação.

— O quê? Onde? Por quê? Oh, é você, Michael! Bem, você disse que também ia ficar.

— Escute! — ele falou.

Era o som de alguém andando na ponta dos pés no quarto ao lado.

Jane inspirou forte.

— Rápido! Volte para a cama. Finja que está dormindo. Rápido!

Com um salto, Michael se jogou debaixo dos cobertores. Na escuridão, ele e Jane prenderam a respiração e ficaram ouvindo.

A porta se abriu furtivamente. A fresta estreita de luz se alargou e cresceu. Uma cabeça surgiu e olhou o quarto com cuidado. Então, alguém entrou de fininho e silenciosamente fechou a porta.

Mary Poppins, com seu casaco de pele e segurando os sapatos nas mãos, atravessava o quarto na ponta dos pés.

Eles ficaram ali sem se mexer, escutando os passos se apressando escada abaixo. À distância, a chave da porta da frente rangeu no buraco da fechadura. Ouviram os pés avançando pela trilha do jardim, e então o portão se fechou. Justo naquele instante bateram as dez horas!

Da cama eles saltaram, e correram para o quarto ao lado, onde as janelas se abriam para o Parque.

A noite estava escura e esplêndida, iluminada apenas pelas estrelas dançando lá no alto. Mas naquela noite eles não procuravam por estrelas. Se a Conversa de Mary Poppins tinha sido de fato uma mensagem, havia algo mais interessante para ser visto.

— Olhe! — Jane engoliu em seco de animação e apontou.

No parque defronte, bem no portão de entrada estava a curiosa construção em forma de arca, amarrada meio frouxamente num tronco de árvore.

— Mas como ela foi parar *ali*? — disse Michael, de olhos arregalados. — Estava do outro lado do Parque hoje de manhã.

Jane não respondeu. Ela estava ocupada demais prestando atenção em tudo.

O telhado da Arca estava aberto, e no alto da escada estava Nellie-Rubina, equilibrando-se em seu disco. Do lado de dentro, o Tio Dodger ia passando para ela feixes e mais feixes de galhos de madeira.

— Está pronta, srta. Poppins? — tilintou Nellie-Rubina, passando um punhado de galhos para Mary Poppins, que esperava no deque.

O ar estava tão limpo e calmo que Jane e Michael, agachados no banco junto à janela, podiam ouvir cada palavra.

De súbito ouviram um som alto vindo de dentro da Arca, como se um pedaço de madeira batesse no chão.

— Tio Dod-GER! Mais cuidado, por favor! Elas são frágeis! — pediu Nellie-Rubina, muito séria. E o Tio Dodger, enquanto pegava uma pilha de nuvens pintadas, respondeu em tom de desculpas:

— Mil perdões, minha cara!

O rebanho de ovelhas de madeira veio em seguida, todas muito rígidas e compactas. E, por fim, os pássaros, as borboletas e as flores.

— É tudo! — disse o Tio Dodger, içando-se pela abertura do telhado. Debaixo do braço ele trazia o cuco de madeira, agora todo pintado de cinza. E em sua mão balançava uma enorme lata de tinta verde.

— Muito bem — disse Nellie-Rubina. — Agora, se você estiver pronta, srta. Poppins, nós podemos começar!

E então teve início um dos mais estranhos trabalhos que Jane e Michael jamais haviam visto. Nunca, nunca — pensaram eles —, iam se esquecer daquilo, mesmo que chegassem aos noventa anos.

Da pilha de madeira pintada, Nellie-Rubina e Mary Poppins tomavam cada uma um longo ramo de folhas miúdas, os quais, saltando no ar, prendiam agilmente nos galhos nus e congelados das árvores. Os ramos pareciam se fixar com facilidade, pois elas não levavam mais de um minuto para colocá-los. E à medida que eram postos em seus lugares o Tio Dodger saltava e com esmero aplicava um pouco de tinta verde no ponto onde os ramos se uniam à árvore.

— Nossa! *Caramba!* — exclamava Jane, enquanto Nellie-Rubina subia com leveza ao topo de um álamo altíssimo e prendia um enorme galho ali. Michael estava perplexo demais para dizer o que quer que fosse.

Por todo o Parque seguiram os três, saltando nos galhos mais altos como se tivessem molas nos pés. E rapidamente cada árvore estava coberta com pequenos ramos de folhas de madeira, finalizados com a pintura caprichada do Tio Dodger.

Vez por outra, Jane e Michael escutavam Nellie-Rubina gritar com sua voz aguda:

— Tio Dod-GER! CUIDADO! — e então vinha a voz do Tio Dodger pedindo perdão.

E agora Nellie-Rubina e Mary Poppins tomaram as nuvens brancas de madeira nos braços. Com elas, voaram mais alto ainda do que antes, disparando por sobre as árvores e prendendo as nuvens cuidadosamente no céu.

— Elas estão colando, estão colando! — gritou Michael animadíssimo, dançando no assento da janela. E, sim, contra o céu escuro e luzidio, as nuvens brancas e delgadas iam se colando rapidamente.

Contra o céu escuro e luzidio, as nuvens brancas
e delgadas iam se colando rapidamente.

— Iu-u-u-u-pi! — exclamou Nellie-Rubina, ao descer, veloz. — Agora às ovelhas!

Muito cuidadosamente, eles espalharam o rebanho de madeira em uma faixa nevada do gramado, agrupando as ovelhas maiores e os cordeirinhos brancos.

— Estamos avançando! — Jane e Michael ouviram Mary Poppins dizer, enquanto colocava o último cordeiro de pé.

— Não sei o que teríamos feito sem você, srta. Poppins, realmente não sei! — agradeceu Nellie-Rubina, feliz. E emendou, num tom de voz completamente diferente: — As flores, por favor, Tio Dodger! E rápido!

— Aqui, minha cara! — ele girou depressa até ela, com o avental cheio de galantos, acônitos e lírios.

— Oh, veja, veja! — gritou Jane, abraçando-se de tanta alegria. Pois Nellie-Rubina estava arrumando as formas de madeira ao redor de um canteiro de flores vazio. Ela prosseguia, em voltas, plantando seu jardim de madeira, e tornando sempre a estender a mão para colher uma flor nova do avental do Tio Dodger.

— Está muito direito! — disse Mary Poppins, admirando, e Jane e Michael se espantaram com o tom agradável e delicado de sua voz.

— Eu também acho! — trinou Nellie-Rubina, tirando a neve das mãos. — Uma visão e tanto! O que falta, Tio Dodger?

– Os pássaros, minha cara, e as borboletas! – ele estendeu o avental. Nellie-Rubina e Mary Poppins pegaram as formas de madeira que tinham sobrado e correram pelo Parque, pousando os pássaros nos galhos e em ninhos e lançando as borboletas no ar. E o curioso é que elas *ficavam* ali, equilibradas no ar, com a pintura reluzindo à luz das estrelas.

– Pronto! Acho que acabamos! – disse Nellie-Rubina, parada sobre seu disco, olhando ao redor com as mãos na cintura, admirando tudo o que tinham feito.

– Só mais uma coisinha, minha cara! – disse o Tio Dodger.

E, cambaleando um pouco, como se todo aquele trabalho o tivesse feito se sentir velho e cansado, ele girou até o freixo que ficava perto dos portões do Parque. Tirou o cuco de debaixo do braço e o colocou em um galho entre as folhas de madeira.

– Aqui, minha coisa linda! Aqui, minha pombinha! – disse ele, meneando a cabeça para o pássaro.

– Tio Dod-GER! Quando você vai aprender? Não é uma pomba, é um cuco!

Ele abaixou a cabeça, submisso.

– Um cuco delicado como uma pombinha, foi o que eu quis dizer. Mil perdões, minha cara!

– Bem, srta. Poppins, acho que agora precisamos partir! – disse Nellie-Rubina e, girando até Mary Poppins, pegou seu rosto rosado entre as duas mãos de madeira e deu um beijo.

— Vejo você em breve, tra-lá! — cantarolou ela, deslizando pelo deque da Arca e subindo a escadinha. Lá do alto, ela se virou e acenou desajeitada para Mary Poppins. Então, com um barulho de madeira batendo em madeira, ela desceu e desapareceu lá dentro.

— Tio Dod-GER! Vamos! Não me faça esperar! — a voz fina chegou até eles.

— Estou indo, minha cara, estou indo! Mil perdões! — o Tio Dodger rolou até o deque, despedindo-se de Mary Poppins no caminho, com um aperto de mão. O cuco de madeira via tudo do seu galho. O Tio Dodger olhou para o cuco com carinho e tristeza. Então seu disco girou pelo ar e aterrissou lá dentro, fazendo ecoar o baque contra a madeira. O telhado desceu e fechou-se com um estalo.

— Pode soltar! — a voz aguda de Nellie-Rubina comandou. Mary Poppins deu um passo à frente e desfez a amarra na árvore. A corda foi imediatamente puxada por uma das janelas.

— Abra caminho, por favor! Abra caminho! — gritou Nellie-Rubina. Mary Poppins deu um passo para trás.

Michael apertou o braço de Jane, mal conseguindo se conter.

– Eles estão indo embora! – exclamou ele, quando a Arca se ergueu do chão e vacilou acima da neve. Para o alto ela foi, balançando como um bêbado por entre as árvores. Então firmou-se e passou com leveza por cima dos galhos mais altos.

Um braço de movimentos duros acenava de uma das janelas, mas antes que Michael e Jane pudessem descobrir se era de Nellie-Rubina ou do Tio Dodger, a Arca saiu voando pelo céu iluminado de estrelas e um pedaço da casa os fez perdê-la de vista.

Mary Poppins ficou por um instante junto aos portões do Parque, acenando com suas mãos de lã.

Então apressou-se pela rua e atravessou a trilha do jardim. A chave da porta da frente estalou no buraco da fechadura. Passos cautelosos rangeram na escada!

– Volte para a cama, rápido! – disse Jane. – Ela não pode encontrar a gente aqui!

Descendo da janela, eles correram para o quarto e, em dois saltos, aterrissaram em suas camas. Tiveram tempo apenas de cobrir a cabeça antes de Mary Poppins abrir a porta silenciosamente e, na ponta dos pés, entrar.

Zup! Foi o casaco sendo pendurado no gancho. Cresc! Foi o chapéu fazendo a sacola de papel farfalhar. Mais, eles não escutaram. Pois quando ela se trocou e deitou, Jane e Michael, aninhados sob as cobertas, já haviam caído no sono...

– CUCO! CUCO! CUCO!

Pela rua vinha a melodia suave do pássaro.

– Girafas saltitantes! – exclamou o sr. Banks, enquanto se barbeava. – A Primavera chegou!

Ele deixou o pincel de barbear e correu para fora. Olhou para o jardim, e então, lançando a cabeça para trás, juntou as mãos como se fosse uma corneta:

– Jane! Michael! John! Barbara! – chamou em direção à janela das crianças. – Desçam! A neve se foi, e a Primavera chegou!

Eles vieram tropeçando pelas escadas e atravessaram a porta da frente, e encontraram a rua viva e cheia de gente.

– Embarcação à vista! – rugia o Almirante Boom, acenando com seu protetor de orelhas. – Cordame e marinhagem! Berbigões e camarões! É a Primavera!

– Nossa! – disse a srta. Lark, correndo pelo portão. – Um dia bonito, finalmente! Eu estava pensando em comprar botas de couro para Andrew e Willoughby, mas agora a neve se foi e não será preciso!

Andrew e Willoughby pareceram muito aliviados e lamberam a mão dela para mostrar que estavam felizes por não ter que passar mais vergonha.

O Sorveteiro passava lentamente com seu carrinho de um lado para o outro, de olho nos fregueses. E em seu cartaz lia-se:

E o Limpador de Chaminés, levando apenas uma escova dessa vez, caminhava pela rua, olhando da direita para a esquerda com um ar satisfeito, como se ele próprio fosse responsável por aquele dia adorável.

E no meio de todo aquele alvoroço, Jane e Michael ficaram parados, olhando ao redor.

Tudo brilhava e reluzia à luz do sol. Não tinha sobrado um único floco de neve.

De cada galho de cada árvore, irrompiam brotos de um verde leve e doce. No canteiro de flores, logo dentro do Parque, frágeis e tenros botões de acônitos, galantos e lírios despontavam numa moldura amarela, branca e azul. O Zelador do Parque, que vinha caminhando ao longo do canteiro, colheu um pequeno ramo e o colocou cuidadosamente no buraco do botão de seu uniforme.

De flor em flor, borboletas de cores vibrantes voavam com asas macias, e nos galhos os tordos e as andorinhas e os chapins e os pintarroxos cantavam e faziam seus ninhos.

Um rebanho de ovelhas e jovens cordeirinhos passou, balindo seu mééé.

E, do galho do freixo junto aos portões do Parque, vinham as duas notas ritmadas e límpidas, convocando:

— Cuco! Cuco!

Michael se virou para Jane. Os olhos dele brilhavam:

— Então era isso que eles estavam fazendo... Nellie-Rubina e Tio Dodger e Mary Poppins!

Jane assentiu, olhando maravilhada ao redor.

Por entre o leve e verde véu dos botões um corpinho cinza balançava para a frente e para trás no galho do freixo:

— Cuco! Cuco!

— Mas... eu pensei que eram todos feitos de madeira pintada! — disse Michael. — Você acha que eles ganharam vida durante a noite?

— Talvez — disse Jane.

— Cuco! Cuco!

Jane agarrou a mão de Michael e, como se ele adivinhasse seus pensamentos, correu com ela pelo jardim, pela rua e pelo Parque.

— Oi! Aonde vão os dois? — quis saber o sr. Banks.

— Salve, companheiros de bordo! — rugiu o Almirante Boom.

— Vocês vão se perder! — alertou a srta. Lark estridentemente.

O Sorveteiro tocou o sino com vontade, e o Limpador de Chaminés ficou observando.

Mas Jane e Michael não lhes deram atenção. Correram pelo Parque, por sob as árvores, até o lugar onde tinham visto a Arca pela primeira vez.

Chegaram resfolegando. Estava frio e sombrio ali, debaixo dos galhos escuros, e a neve ainda não tinha derretido. Eles esquadrinharam em torno, procurando, procurando. Mas tudo o que encontraram foi uma pesada camada de neve que se estendia sob os ramos verde-escuros.

– Eles foram mesmo embora, então! – disse Michael, olhando ao redor. – Você acha que a gente só imaginou tudo aquilo, Jane? – perguntou, hesitante.

Ela abaixou-se de repente e pegou um pouco de neve.

– Não – falou lentamente. – Tenho certeza que não.

Ela estendeu a mão. Em sua palma havia uma balinha de Conversa, redonda e cor-de-rosa. Ela leu em voz alta:

– Até o ano que vem.
Nellie-Rubina Noé

Michael respirou fundo.

– Então era ela! O Tio Dodger disse que ela era a Primogênita. Mas eu não tinha entendido.

– Ela trouxe a Primavera! – disse Jane, sonhadora, olhando para a Conversa.

– Eu agradeceria – disse uma voz atrás deles – se vocês voltassem para casa agora e tomassem o café da manhã.

Era Mary Poppins. Eles se viraram com cara de culpa.

— A gente só estava... — Michael começou a explicar.

— Então não estejam — cortou Mary Poppins. Ela se curvou por sobre os ombros de Jane e pegou a Conversa da sua mão. — Isso, creio eu, me pertence! — observou, e, guardando a balinha no bolso do avental, guiou-os para casa através do Parque.

Michael quebrou um ramo de brotos verdes no caminho. Ele os examinou cuidadosamente.

— Parecem bem reais agora — ele disse.

— Talvez sempre tenham sido — disse Jane.

E uma voz brincalhona veio dos galhos do freixo:

— Cuco! Cuco! Cuco!

10. Carrossel

Tinha sido uma manhã tranquila.

Mais de uma pessoa que passava pelo Número Dezessete da Cherry Tree Lane havia olhado por cima da cerca e dito: "Que coisa incrível! Nenhum barulho!"

Mesmo a casa, que geralmente não se preocupava muito com nada, começou a ficar assustada.

— Caramba! Caramba! — ela dizia para si mesma, escutando todo aquele silêncio. — Espero que não esteja acontecendo nada de errado!

Lá embaixo, na cozinha, a sra. Brill, com os óculos na ponta do nariz, cabeceava sobre o jornal.

No primeiro andar, a sra. Banks e Ellen arrumavam o armário de roupas de cama e contavam os lençóis.

Subindo, no quarto das crianças, Mary Poppins tirava tranquilamente a mesa do almoço.

— Estou me sentindo tão bem e tão calma hoje — Jane disse, sonolenta, deitada numa faixa de sol que se estendia pelo chão.

— Isso, sim, é uma mudança! — observou Mary Poppins com ironia.

Michael pegou o último chocolate da caixa que Tia Flossie dera de presente por seus seis anos, na semana anterior.

Será que devia oferecê-lo para Jane?, pensou ele. Ou para os Gêmeos? Ou para Mary Poppins?

Não. Afinal, tinha sido o *seu* aniversário.

– O último, o mais gostoso! – disse ele rapidamente, e colocou o chocolate na boca. – E eu queria que tivesse mais! – lamentou, olhando para a caixa vazia.

– Tudo o que é bom acaba em algum momento – disse Mary Poppins, categórica.

Ele virou a cabeça meio de lado e olhou para ela.

– *Você* não! – contestou ele, cheio de certeza. – E você é uma coisa boa.

O princípio de um sorriso orgulhoso brilhou nos cantos da boca de Mary Poppins, mas desapareceu tão rapidamente quanto surgiu.

– Talvez – ela falou. – Nada dura para sempre.

Jane olhou ao redor, alarmada.

Se nada durava para sempre, aquilo significava que Mary Poppins...

– Nada? – perguntou ela, aflita.

– Nadinha – retrucou Mary Poppins. E como se estivesse lendo os pensamentos de Jane, ela foi até o friso da lareira e pegou seu enorme termômetro. Então tirou a mala-tapete de sob a cama de acampamento e guardou-o.

Jane sentou-se num pulo.

— Mary Poppins, por que você está fazendo isso?

Mary Poppins olhou para ela de um jeito estranho.

— Porque — ela disse com afetação — sempre me ensinaram a ser organizada com as minhas coisas — e empurrou a mala-tapete para debaixo da cama novamente.

Jane suspirou. Sentia o coração apertado dentro do peito.

— Estou me sentindo triste e nervosa — ela sussurrou para Michael.

— Acho que você comeu sobremesa demais! — ele respondeu.

— Não, não é esse tipo de sensação... — ela começou a explicar, mas parou logo, pois uma batida soou na porta.

Toc! Toc!

— Entre! — falou Mary Poppins.

Robertson Ay surgiu, bocejando.

— Sabe de uma coisa? — perguntou ele, sonolento.

— Não, o quê?

— Tem um carrossel no Parque!

— Isso não é novidade para mim! — devolveu Mary Poppins.

— É uma feira? — Michael quis saber, animadíssimo. — Com barquinho que balança e jogo de argola?

— Não — respondeu Robertson Ay, negando também com a cabeça. — Um Carrossel apenas. Chegou ontem. Pensei que vocês iam gostar de saber.

Ele foi arrastando os pés devagar até a porta e a fechou quando saiu.

Jane se levantou imediatamente, esquecendo a aflição.

— Oh, Mary Poppins, a gente pode ir?

— Diz que sim, diz que sim, Mary Poppins! — pedia Michael, dançando em volta dela.

Ela se virou, equilibrando a bandeja com pratos e xícaras no braço:

— *Eu* vou — disse, muito calma. — Porque eu tenho ingresso. Não sei quanto a vocês.

— Tem seis *pence* no meu cofrinho! — disse Jane, entusiasmada.

— Ah, Jane, me empresta dois! — pediu Michael. Ele tinha gastado todo o seu dinheiro no dia anterior, em caramelo.

Eles olharam ansiosamente para Mary Poppins, esperando sua decisão.

— Sem empréstimos neste quarto, por favor — ela declarou. — Vou pagar uma volta no Carrossel para cada um. E uma volta é tudo o que vocês terão — ela saiu do quarto levando a bandeja.

Eles olharam um para o outro.

— O que está acontecendo? — perguntou Michael. Era sua vez de ficar nervoso. — Ela nunca pagou nada para a gente antes!

— Você não está se sentindo bem, Mary Poppins? — perguntou ele, agoniado, quando ela voltou apressada.

— Nunca estive melhor! — respondeu ela, erguendo a cabeça de leve. — E agradecerei se você não ficar aí, abelhudo, me olhando como se eu fosse uma boneca de cera! Vá se arrumar!

Seu olhar era tão sério, e seus olhos tão azuis, e sua fala tão como sempre, que a ansiedade dos dois se desfez e eles saíram correndo, gritando, para pegar os chapéus.

E assim a tranquilidade da casa foi interrompida pelo barulho das portas que batiam, das vozes que gritavam e da arruaça que faziam.

— Caramba! Caramba! Que alívio! Eu já estava ficando preocupada — disse a casa para si mesma quando ouviu Jane e Michael e os Gêmeos rolando e pulando escada abaixo.

Mary Poppins parou um instante para ver seu reflexo no espelho da entrada.

— Ah, venha, Mary Poppins! Você está bem! — disse Michael com impaciência.

Ela se virou. Seu olhar expressava ao mesmo tempo raiva, indignação e perplexidade.

"Bem", lógico! Como se "bem" fosse a palavra certa. "Bem" em seu casaco azul de botões prateados! "Bem" com seu colar dourado! "Bem" com o guarda-chuva com cabo de cabeça de papagaio debaixo do braço!

Mary Poppins fungou.

— Já basta, ora! — ela disse secamente. Embora o que ela quisesse mesmo dizer era que aquele elogio estava muito longe de ser o bastante.

Mas Michael estava agitado demais para ligar para isso.

— Vamos, Jane! — ele chamava, dançando freneticamente. — Não consigo mais esperar! Vamos!

Eles foram correndo na frente enquanto Mary Poppins ajeitava os Gêmeos no carrinho. E então o trinco do portão do jardim soou atrás deles, e eles finalmente estavam a caminho do Carrossel.

Vagos sons de música vinham flutuando do Parque, zunindo e tinindo como um pião.

— Boa tarde! E como *estamos* hoje? — a voz aguda da srta. Lark os saudou enquanto ela descia a rua com seus cães.

Mas antes que eles tivessem tempo de responder, ela prosseguiu:

— Estão indo para o Carrossel, eu imagino! Andrew e Willoughby e eu acabamos de ir. Um entretenimento *muito* bom. *Tão* bonito e limpo. E que atendimento *maravilhoso*! — ela voejou por eles com os dois cachorros pulando alegremente ao seu lado. — Adeus! Adeus! — falou enquanto desaparecia na esquina.

— Marujada na bomba! Salve, meus companheiros!

Uma voz conhecida rugiu, vinda do Parque. E dos portões chegava o Almirante Boom, caprichando num bailado, com o rosto muito vermelho.

– Ha! Hum! Ha! Hum! E uma garrafa de rum! O Almirante foi no Carrossel. Baldear! Berbigões e camarões! É tão bom quanto uma longa viagem em alto-mar! – ele bradou, enquanto cumprimentava as crianças.

– Nós também estamos indo! – disse Michael, animado.

– O quê? Vocês vão? – o Almirante pareceu preocupado.

– É claro! – disse Jane.

– Mas... não até o final, imagino? – o Almirante lançou um olhar sugestivo para Mary Poppins.

– Eles vão dar uma volta cada um, senhor! – ela declarou, muito aprumada.

– Ah, bem! Adeus! – disse ele com uma voz quase gentil para os seus padrões.

Então, para espanto total das crianças, ele se endireitou e bateu continência a Mary Poppins:

– Ur-rrrrrrrrrumpf! – trompeteou ele em seu lenço. – Içar velas! E levantar âncora! E partir, Amor, partir!

E ele se despediu com um aceno e foi andando pela calçada, cantando, com sua voz retumbante:

– Toda garota bonita adora um marinheiro!

– Por que ele disse adeus e chamou você de amor? – perguntou Michael, olhando admirado para o Almirante enquanto caminhava ao lado de Mary Poppins.

– Porque ele me considera uma pessoa extremamente respeitável! – ela respondeu secamente. Mas havia uma expressão suave e sonhadora em seus olhos.

Mais uma vez Jane teve aquela sensação estranha e triste, e seu coração se apertou.

— O que será que vai acontecer? — ela se perguntava, agoniada. Ela pôs sua mão sobre a mão de Mary Poppins, que ia levando o carrinho. Era acolhedora, segura e reconfortante.

— Como eu sou boba! — disse ela, mais calma. — Não *pode* ter nada de errado!

E foi andando ao lado do carrinho, que seguia na direção do Parque.

— Esperem! Esperem! — uma voz ofegante chamou atrás deles.

— Olhem! — disse Michael, virando-se. — É a srta. Tartlet!

— Na verdade, não — disse a srta. Tartlet, sem ar. — Agora é sra. Turvy!

Ela olhou, corando, para o sr. Turvy, que estava ao seu lado sorrindo um pouco envergonhado.

— Hoje é uma das suas segundas segundas-feiras? — Jane perguntou. Ele estava com o lado certo para cima, então ela não achou que pudesse ser.

— Ah, não, graças a Deus, não! — ele respondeu logo. — Nós... bem... nós só viemos dizer... oh, boa tarde, Mary!

— E então, primo Arthur? — eles se cumprimentaram.

— Pensei que você pudesse estar indo para o Carrossel — ele comentou.

— Sim, estou. Todos nós estamos!

— Todos! — as sobrancelhas do sr. Turvy subiram até o alto da sua testa. Ele parecia bastante surpreso.

— Eles vão dar uma volta cada um! — disse Mary Poppins, apontando com a cabeça para as crianças. — Fiquem quietos, por favor! Vocês não são ratinhos amestrados! — ela ralhou com os Gêmeos, que tinham se sacudido de animação no carrinho.

— Ah, claro. E depois... eles vão sair? Bem... adeus, Mary, e *bon voyage*! — o sr. Turvy levantou o chapéu bem alto, de um jeito muito solene.

— Adeus... e obrigada por terem vindo! — disse Mary Poppins, curvando-se com delicadeza para cumprimentar o sr. e a sra. Turvy.

— O que significa *bon voyage*? — quis saber Michael, olhando por cima do ombro enquanto os dois se afastavam: a sra. Turvy muito gorda e com o cabelo cacheado, e o sr. Turvy muito comprido e magro.

— "Boa viagem", que você vai perder se não andar logo! — emendou Mary Poppins. Ele se apressou atrás dela.

A música estava mais alta agora, ecoando e vibrando no ar, atraindo todos eles em sua direção.

Mary Poppins, quase correndo, virou o carrinho para entrar no Parque. Mas então viu os desenhos na calçada e parou subitamente.

— Por que a gente parou? — resmungou Michael num sussurro irritado para Jane. — Desse jeito a gente nunca vai chegar!

O Artista de Rua tinha acabado de completar um desenho de frutas feito com giz colorido: uma maçã, uma pera, uma ameixa e uma banana. Abaixo delas ele estava escrevendo as palavras

PEGUE UMA

— Hã-hã! — fez Mary Poppins, dando uma tossidinha educada.

O Artista de Rua pôs-se de pé, e Jane e Michael viram que era o grande amigo de Mary Poppins, o Rapaz dos Fósforos.

— Mary! Até que enfim! Esperei o dia todo!

O Rapaz dos Fósforos tomou-lhe as mãos e ficou olhando para ela, encantado.

Mary Poppins pareceu bastante tímida, mas lisonjeada.

— Bem, Bert, nós estamos indo ao Carrossel — disse ela, corando.

Ele assentiu com a cabeça.

— Pensei que era isso mesmo. Eles vão com você? — ele perguntou, apontando para as crianças com o polegar.

Mary Poppins balançou a cabeça de um jeito misterioso:

— Só vão dar uma volta — ela respondeu logo.

— Ah... — ele franziu a boca. — Entendi.

Michael ficou olhando. O que mais eles poderiam fazer em um carrossel *além* de dar uma volta?

— Que belos desenhos! — Mary Poppins disse com admiração, olhando para as frutas.

— Sirva-se! — pediu o Rapaz dos Fósforos alegremente.

E então Mary Poppins, diante dos olhos estupefatos das crianças, se abaixou e pegou a ameixa da calçada, e deu uma mordida.

— Você não vai pegar uma? — o Rapaz dos Fósforos perguntou para Jane.

Ela olhou para ele, perplexa.

— Mas eu *posso*? — aquilo parecia impossível.

— Tente!

Ela se abaixou diante da maçã, que então saltou na sua mão. Jane mordeu o lado vermelho. Era doce.

— Mas como você faz isso? — perguntou Michael, em choque.

— Eu não faço — disse o Rapaz dos Fósforos. — É ela! — ele apontou com a cabeça para Mary Poppins, que estava toda aprumada ao lado do carrinho. — Isso só acontece quando ela está por perto, palavra de honra!

Então ele se abaixou e pegou a pera da calçada e deu para Michael.

— Mas e você? — disse Michael, que embora quisesse a pera também queria se mostrar educado.

— Não tem problema — disse o Rapaz dos Fósforos. — Eu sempre posso desenhar outras! — e com isso ele pegou a banana, descascou-a e deu uma metade para cada um dos Gêmeos.

De repente a música veio voando, clara e doce, até seus ouvidos.

— Agora, Bert, nós realmente precisamos ir — disse Mary Poppins apressada, enquanto escondia delicadamente o caroço da ameixa entre duas grades do Parque.

— Precisa mesmo, Mary? — disse o Rapaz dos Fósforos, triste. — Bem, adeus, minha querida! E boa sorte!

— Mas você vai encontrar o Rapaz dos Fósforos outra vez, não vai? — perguntou Michael, enquanto seguia Mary Poppins pelo portão.

— Talvez sim, talvez não! — ela disse apenas. — E isso não é assunto seu!

Jane se virou e olhou para trás. O Rapaz dos Fósforos estava ali parado, ao lado da caixa de giz, olhando intensamente para Mary Poppins.

— Que dia *mais* estranho! — ela disse, franzindo a testa.

Mary Poppins olhou para ela.

— E o que há de errado, pode me dizer?

– Bem... todo mundo está dizendo adeus e olhando de um jeito muito estranho para você.

– Falar não custa nada! – retrucou Mary Poppins. – E olhar não tira pedaço, não é mesmo?

Jane não respondeu. Ela sabia que não adiantava dizer nada, pois Mary Poppins nunca dava explicações.

Ela suspirou. E como não tinha muita certeza de por que tinha suspirado, ela começou a correr, passando como um raio por Michael e por Mary Poppins e pelo carrinho e indo em direção à música que tonitroava.

– Espere por mim! Espere por mim! – gritou Michael, disparando. E em seguida vinha o barulho do carrinho rolando ligeiro, pois Mary Poppins se apressava atrás dos dois.

Ali estava o Carrossel, numa área livre do gramado, entre as tílias. Era novinho, muito brilhante e reluzente, e os cavalos, empinando, subiam e desciam em suas barras de metal. Uma bandeira listrada tremulava no alto, e tudo era esplendidamente decorado com ornamentos dourados e folhas de prata e pássaros coloridos e estrelas. Era mesmo tudo o que a srta. Lark dissera, e mais ainda.

O Carrossel começou a diminuir a velocidade e parou assim que eles chegaram. O Zelador do Parque surgiu, todo imponente, e se apoiou em uma das barras de metal:

– Venham, venham! Três *pence* a volta! – anunciou, com ares de importância.

– Já sei o cavalo que eu quero! – exclamou Michael, disparando até um cavalo azul e vermelho com o nome "Patas Alegres" escrito no arreio dourado. Ele se agarrou em suas costas e segurou a barra.

– Proibido jogar lixo. Atenção ao regulamento – anunciou o Zelador, com afetação, quando Jane passou correndo por ele.

– Eu quero o Corisco! – gritou ela, subindo nas costas de um cavalo branco garboso com o nome no arreio vermelho.

Mary Poppins, então, tirou os Gêmeos do carrinho e colocou Barbara na frente de Michael e John atrás de Jane.

– Voltas de um, dois, três, quatro ou cinco *penny*? – perguntou o Atendente, quando foi recolher o dinheiro.

– Seis *penny* – disse Mary Poppins, entregando-lhe quatro montinhos de moedas.

As crianças arregalaram os olhos, maravilhadas. Elas nunca tinham dado uma volta assim em um Carrossel.

– Proibido jogar lixo! – repetia o Zelador, com os olhos nos ingressos na mão de Mary Poppins.

– Mas você não vem? – Michael perguntou para ela, que não tinha subido.

– Segurem firme, por favor! Segurem firme! Eu vou na próxima volta! – ela respondeu.

Um apito soou na chaminé do Carrossel. A música recomeçou, e lentamente os cavalos começaram a andar.

– Segurem firme, por favor! – pediu Mary Poppins, muito séria.

Eles seguraram firme.

As árvores passavam ao redor. As barras de metal subiam e desciam nas costas dos cavalos. Um raio do sol, que se punha, caiu sobre eles.

– Sentem-se direito! – pediu Mary Poppins outra vez.

Eles se ajeitaram nos seus lugares.

Agora as árvores começavam a se mover mais rapidamente, à medida que o Carrossel ganhava velocidade. Michael abraçou Barbara com força. Jane botou a mão para trás e segurou bem a de John. E eles seguiram, rodando cada vez mais velozes, com os cabelos flutuando e sentindo o vento forte no rosto. Corisco e Patas Alegres davam voltas e mais voltas, com as crianças em suas costas. Em torno deles, o Parque bamboleava e vibrava, girava e rodopiava.

Era como se eles nunca mais fossem parar, como se o Tempo não existisse, como se o mundo não fosse nada além de um círculo de luz e um bando de cavalos coloridos.

O sol se pôs no oeste, e o crepúsculo pousou sobre todas as coisas. E eles ainda giravam, cada vez mais rápido, até que por fim já não conseguiam distinguir as árvores do céu. Toda a imensa terra rodava em torno deles com aquele zunido intenso e hipnotizante de um pião.

Jane e Michael e John e Barbara nunca mais estariam tão perto do centro do mundo como estavam naquela cavalgada vertiginosa. E de algum jeito, parece, eles sabiam disso.

"Nunca mais! Nunca mais!", era o pensamento em seus corações enquanto a terra rodopiava, eles cavalgavam e a noite caía.

Então as árvores deixaram de ser um borrão verde, e seus troncos foram ficando visíveis novamente. O céu separou-se da terra, e o Parque deixou de girar. Os cavalos ficaram cada vez mais lentos. E por fim o Carrossel parou.

— Venham, venham! Três *pence* a volta! — o Zelador do Parque convocava lá longe.

As quatro crianças, retesadas da longa viagem, desceram um tanto desajeitadas. Mas seus olhos brilhavam, e as vozes tremiam de agitação.

— Oh, que maravilindo! — vibrou Jane, com os olhos brilhando para Mary Poppins, enquanto colocava John no carrinho.

— Que pena que não podemos ficar no Carrossel para sempre! — disse Michael, colocando Barbara ao lado do irmão.

Mary Poppins olhou para eles por um momento. Seus olhos estavam estranhamente suaves e amorosos na penumbra que adensava.

— Tudo o que é bom acaba — disse ela, pela segunda vez naquele dia.

Ela levantou a cabeça e olhou para o Carrossel.

— *Minha* vez! — exclamou alegremente, enquanto se abaixava e procurava alguma coisa no carrinho.

Em seguida, ela se endireitou e ficou ali olhando para eles por um instante — com aquele olhar estranho que parecia mergulhar fundo dentro deles e *ver* o que estavam pensando.

— Michael! — ela disse, tocando delicadamente seu rosto. — Comporte-se!

Ele olhou para ela, apreensivo. O que ela queria dizer com aquilo? O que estava acontecendo?

— Jane, tome conta de Michael e dos Gêmeos! — falou Mary Poppins. E ela pegou a mão de Jane e a colocou delicadamente sobre o carrinho.

— Todos a bordo! Todos a bordo! — chamava o Bilheteiro.

As luzes do Carrossel acenderam.

Mary Poppins virou-se.

— Já estou indo! — ela avisou, acenando com o guarda-chuva de papagaio.

Ela cruzou o pequeno poço de escuridão entre as crianças e o Carrossel.

— Mary Poppins! — chamou Jane, com a voz trêmula. Pois subitamente, sem saber por quê, ela sentiu medo.

— Mary Poppins! — gritou Michael, contaminado pelo medo de Jane.

Mas Mary Poppins não lhes deu atenção. Saltou graciosamente para a plataforma e, montando num cavalo apalusa chamado Caramelo, sentou-se com elegância e apuro.

— Só ida ou ida e volta?

Por um instante ela pareceu considerar a questão. Olhou para crianças e voltou-se para o Bilheteiro:

— Nunca se sabe — disse ela, pensativa. — Pode ser útil. Vou querer ida e volta.

O Bilheteiro fez um furinho num cartão verde e o entregou para Mary Poppins. Jane e Michael se deram conta de que ela não pagou pelo ingresso.

A música recomeçou, suave de início, depois mais alta, e frenética, e triunfal. Lentamente, os cavalos começaram a girar.

Mary Poppins, olhando para a frente, era carregada diante das crianças. O papagaio do cabo do guarda-chuva estava aninhado sob seu braço. As mãos enluvadas seguravam firme na barra de metal. E, diante dela, no pescoço do cavalo...

— Michael! — gritou Jane, agarrando o braço dele. — Você está vendo? Ela deve ter escondido debaixo do cobertor no carrinho! É a mala-tapete!

Michael arregalou os olhos.

— Você acha que...? — ele começou, num sussurro.

Jane fez que sim com a cabeça.

— Mas... ela está usando o colar! A corrente não arrebentou! Eu vi muito bem!

Atrás deles, os Gêmeos começaram a choramingar, mas Jane e Michael não deram atenção. Olhavam angustiados para o círculo brilhante de cavalos.

O Carrossel estava indo mais rápido agora, e logo as crianças já não conseguiam mais saber qual cavalo era qual, onde estava Patas Alegres ou Corisco. Tudo diante deles era uma só explosão rodopiante de luz, exceto pela figura escura, elegante e firme que de tempos em tempos se aproximava deles e rapidamente desaparecia.

Intensa, cada vez mais intensa, a música tocava. Veloz, cada vez mais veloz, o Carrossel girava. O contorno escuro de Mary Poppins surgiu novamente, montando o cavalo pintado. E dessa vez, ao se aproximar, uma coisa brilhante e reluzente se soltou do seu pescoço e voou pelo ar, até pousar aos pés das crianças.

Jane se abaixou e pegou o objeto. Era o medalhão dourado, pendurado na corrente partida.

– É verdade, então, é verdade! – Michael começou a chorar. – Oh, abra, Jane!

Com os dedos trêmulos, ela pressionou o fecho, e o medalhão se abriu. As luzes vibrantes iluminaram o vidro, as crianças viram um retrato de si mesmas, reunidas ao redor de uma figura com o cabelo preto liso, olhos azuis muito sérios, o rosto brilhante e rosado e um nariz arrebitado como o de uma boneca holandesa.

Jane leu num pequeno rolo na base do retrato:

JANE, MICHAEL, JOHN, BARBARA E ANNABEL BANKS

E

MARY POPPINS

– Então era isso que estava aí dentro! – disse Michael, triste, enquanto Jane fechava o medalhão e o guardava no bolso. Ele sabia que já não restava esperança.

Eles se voltaram outra vez para o Carrossel, zonzos e ofuscados pelo redemoinho de luz. Agora os cavalos voavam mais velozes do que nunca e a música era cada vez mais alta.

E então uma coisa incrível aconteceu. Com uma explosão de trombetas, o Carrossel se levantou inteirinho do chão. Girando e girando, subindo cada vez mais alto, os cavalos coloridos rodavam e apostavam corrida, com Caramelo e Mary Poppins à frente. E o círculo iluminado e cambaleante foi subindo acima das árvores, dourando as folhas com sua luz.

— Ela está indo embora! — disse Michael.

— Oh, Mary Poppins, Mary Poppins! Volte, Mary Poppins, volte! — eles pediam, com os braços estendidos para ela.

Mas seu rosto estava virado para o outro lado, e ela mirava serenamente para a frente, e não parecia ter escutado.

— Mary Poppins! — foi o último e desesperado grito das crianças.

Não houve nenhuma resposta.

Agora o Carrossel ultrapassara as árvores e rodopiava na direção das estrelas. Foi subindo e subindo, ficando cada vez menor, até que o contorno de Mary Poppins se transformou numa manchinha bem pequena em um disco de luz.

Sempre adiante, como se espetasse o céu, foi o Carrossel, levando Mary Poppins. E por fim ele virou apenas

Foi subindo e subindo, ficando cada vez menor.

uma minúscula forma brilhante, só um pouco maior que uma estrela.

Michael fungou e escarafunchou o bolso atrás do lenço.

— Fiquei com dor no pescoço — ele tentou inventar uma desculpa. Mas quando ela não estava olhando, ele rapidamente enxugou os olhos.

Jane, ainda com os olhos vidrados naquele pontinho brilhante que não parava de girar, deu um pequeno suspiro. Então se virou e começou a andar.

— Precisamos ir para casa — falou, desanimada, lembrando que Mary Poppins tinha pedido para ela tomar conta de Michael e dos Gêmeos.

— Venham, venham! Três *pence* a volta! — o Zelador do Parque, que tinha estado recolhendo o lixo, acabava de voltar. Ele olhou para onde o Carrossel devia estar e tomou um grande susto. Olhou então ao redor, e ficou boquiaberto. Por fim olhou para cima, e seus olhos quase saltaram para fora da cabeça.

— Mas como? Não é possível! Estava aqui há um minuto, e então desapareceu! Isso é contra o regulamento! Vou chamar a polícia — ele ergueu o punho furioso no ar. — Eu nunca vi uma coisa dessas! Nem quando era garoto! Preciso fazer um relatório! Preciso contar ao Prefeito!

Silenciosamente, as crianças se afastaram. O Carrossel não deixara nenhuma marca na grama, nem mesmo um amassadinho nas folhas de trevo. Exceto pelo Zelador do Parque, que ficou ali protestando e sacudindo os braços, o gramado ficou completamente vazio.

— Ela escolheu um bilhete de ida e volta — disse Michael, caminhando devagar ao lado do carrinho. — Você acha que isso significa que ela vai voltar?

Jane pensou por um instante.

— Talvez. Se nós quisermos de verdade — ela falou lentamente.

— Isso, talvez...! — ele repetiu, suspirando de leve, e não falou mais nada até chegarem em casa...

— EI! EI! EI!

O sr. Banks veio correndo pela trilha do jardim e irrompeu porta adentro.

— Olá! Onde está todo mundo? — ele chamou, subindo os degraus da escada de três em três.

— O que houve? — perguntou a sra. Banks, indo esbaforida até ele.

— A coisa mais maravilhosa! — exclamou ele, escancarando a porta do quarto das crianças. — Uma nova estrela surgiu no céu. Ouvi falar sobre isso no caminho para casa. A maior que já se viu. Eu pedi emprestado o telescópio do Almirante Boom para ver. Vamos!

Ele correu até a janela e ajustou o telescópio no olho.

— Sim! Sim! — disse ele, pulando exultante. — Lá está ela! Uma maravilha! Uma beleza! Uma joia! Veja você mesma!

Ele deu o telescópio para a sra. Banks.

— Crianças! — ele chamou. — Venham ver a nova estrela!

— Eu já sei... — disse Michael. — Mas não é uma estrela. É...

— Você já sabe? E não é? O que você quer dizer com isso?

— Não dê ouvidos. Ele só está sendo bobo! — disse a sra. Banks. — Vamos lá, onde está essa estrela? Ah, estou vendo! Que *linda*! A mais brilhante do céu! De onde será que ela veio? Vejam, crianças!

Ela passou o telescópio para Jane, e depois para Michael, e quando olharam através do aparelho eles viram claramente o círculo de cavalos coloridos, as barras de metal e o borrão escuro que surgia por um instante e desaparecia em seguida, rodopiando.

Eles olharam um para o outro e assentiram com a cabeça. Sabiam muito bem o que era o borrão escuro: uma figura elegante e impecável, de casaco azul com botões prateados, chapéu de palha firme na cabeça e um guarda-chuva com cabo de cabeça de papagaio sob o braço. Ela tinha vindo do céu, e para o céu havia retornado. E Jane e Michael não explicariam aquilo para ninguém, pois sabiam que havia coisas sobre Mary Poppins que nunca poderiam ser explicadas.

Alguém bateu na porta.

– Com licença, senhora – disse a sra. Brill, entrando com o rosto muito vermelho. – Mas acho que a senhora precisa saber que Mary Poppins foi embora outra vez!

— Foi embora? — perguntou a sra. Banks, sem querer acreditar.

— De mala e cuia... foi embora! — repetiu a sra. Brill, fazendo estardalhaço. — Sem nenhum aviso ou autorização. Exatamente como da outra vez. Levou até a cama de acampamento e a mala-tapete... tudo! Não deixou nem o álbum de cartões-postais de lembrança. Assim!

— Oh, céus! — disse a sra. Banks. — Que aborrecimento! Que falta de consideração!... George! — ela chamou o sr. Banks. — George, Mary Poppins foi embora outra vez!

— Quem? O quê? Mary Poppins? Bem, não importa! Temos uma nova estrela!

— Uma estrela nova não vai dar banho e vestir as crianças! — respondeu a sra. Banks, exasperada.

— Mas vai olhar para elas pela janela de noite! — disse o sr. Banks, todo alegre. — É melhor que dar banho e vestir.

Ele voltou para o telescópio.

— Não é mesmo, minha maravilha? Minha beleza? Minha joia! — ele suspirou, olhando para a estrela.

Jane e Michael se aproximaram e se encostaram nele, olhando a noite pela janela.

E lá em cima, bem no alto, o grande círculo girava e rodopiava na escuridão, brilhando e guardando seu segredo para todo o sempre...

As crianças viram um retrato de si mesmas...

Cronologia:
Vida e obra de P.L. Travers

1899 | 9 ago: Nasce em Maryborough, Queensland, Austrália, Helen Lyndon Goff, filha de Margaret Agnes Morehead, de família rica e influente no país, e de Travers Robert Goff, um gerente bancário alcoólatra. Mais tarde adotará o nome de Pamela Lyndon Travers, ou simplesmente P.L. Travers, como ficou conhecida.

1905: Devido a uma transferência em seu trabalho, Travers Goff muda-se com a família (agora já contando três filhas) para a cidade de Allora.

1907 | 8 fev: Travers Goff morre aos 43 anos. Margareth muda-se com as filhas para Bowral, estado de New South Yales, e cai em profunda depressão, chegando inclusive a tentar o suicídio. Esse período deixará profundas marcas na primogênita, assim como despertará seu talento narrativo.

1917: Muda-se para Sydney e dedica-se à carreira de atriz, já com o nome de Pamela Lyndon Travers.

1921: Viaja pela Austrália e Nova Zelândia com a companhia de teatro shakespeariana do ator inglês Allan Wilkie.

1923: Publica uma série de poemas na revista literária australiana *The Bulletin*.

1924 | 9 fev: Muda-se para Londres. Na capital inglesa, vive com a ajuda financeira de sua família e trabalha como correspondente para um jornal australiano, passando então a assinar como P.L. Travers.

1925: Viaja à Irlanda e publica diversos poemas no *Irish Statesman*, de cujo editor e poeta, George William Russell, se tornará amiga. Através dele, P.L. Travers conhecerá importantes nomes da cena literária irlandesa, como T.S. Elliot, William Butler Yeats e George Bernard Shaw.

1926: Publica o conto "Mary Poppins and the Match Man".

1928: Morte da mãe, Margaret Morehead.

1932: Viaja à Rússia.

1933: Vivendo em Sussex com Madge Burnand, filha do editor da influente *Punch*, começa a trabalhar naquele que seria seu maior sucesso, *Mary Poppins*. Sofre uma crise de pleurisia.

1934: Publica seu primeiro livro, *Moscow Excursion*, sobre suas impressões da União Soviética. Lança, no mesmo ano, sua mais importante obra: *Mary Poppins*, com ilustrações de Mary

Shepard. A repercussão do livro é tamanha que ele dará origem a uma série e será traduzido para mais de vinte idiomas.

1935: Lança o segundo título da série, *A volta de Mary Poppins*.

1939: Adota um bebê irlandês, Camillus Travers Hone, que apenas aos dezessete anos saberá de sua origem e que possui um irmão gêmeo; a revelação impacta profundamente o relacionamento de Travers com o filho. Muda-se para os Estados Unidos e começa a trabalhar para o Ministério da Informação Britânico.

1941: Publica o romance infantojuvenil *I Go by Sea, I Go by Land*.

1943: Lança *Mary Poppins Opens the Door*. Passa um período na tribo dos índios navajos.

1952: Publicação de *Mary Poppins in the Park* e de *Stories from Mary Poppins*.

1958-59: Após décadas de negociação, Walt Disney apresenta nova oferta para os direitos de adaptação de *Mary Poppins* para o cinema. Dessa vez, considerando a difícil condição na qual se encontrava, Travers aceita a proposta, mas com a exigência de que ela seria consultada sobre o roteiro do filme. Pela cessão dos direitos, recebe um adiantamento no valor de U$100 mil, mais 5% dos lucros advindos da bilheteria.

1960: Viaja para o Japão para estudar o zen-budismo.

1962: Publicação de *Mary Poppins from A to Z*.

1964: Após anos de produção e conversas tensas entre Walt Disney e P.L. Travers, estreia a primeira adaptação para o cinema de *Mary Poppins*, produzida pelos estúdios Walt Disney e estrelada por Julie Andrews. A essa altura, o desgaste da relação entre a autora e Walt Disney era tamanho que Travers não foi sequer convidada para a *première*. O musical ganhou cinco Oscar, incluindo o de Melhor Atriz.

1971: Publica o livro *Friend Monkey*.

1975: Publicação de *Mary Poppins in the Kitchen* e de *About the Sleeping Beauty*, com variadas versões da história da Bela Adormecida, inclusive uma escrita pela própria P.L. Travers.

1977: Recebe a Ordem do Império Britânico.

1982: Lança *Mary Poppins in Cherry Tree Lane*.

1988: *Mary Poppins and the House Next Door*, o último volume da série, chega às livrarias.

1989: Publica a coletânea de artigos *What the Bee Knows: Reflections on Myth, Symbol, and Story*.

1994: Vende os direitos de *Mary Poppins* para o teatro, apoiando uma produção de Cameron Mackintosh com roteiro de Julian Fellowes, que estreará em 2004.

1996 | 23 abr: Morre em Londres aos 96 anos.

1ª EDIÇÃO [2018] 1 reimpressão

ESTA OBRA FOI COMPOSTA POR MARI TABOADA EM
LIVORY E IMPRESSA EM OFSETE PELA GEOGRÁFICA
SOBRE PAPEL PÓLEN SOFT DA SUZANO S.A. PARA
A EDITORA SCHWARCZ EM JUNHO DE 2022

A marca FSC® é a garantia de que a madeira utilizada na
fabricação do papel deste livro provém de florestas que
foram gerenciadas de maneira ambientalmente correta,
socialmente justa e economicamente viável, além de outras fontes de origem controlada.